HAFFMANS KRIMINALROMANE
BEI HEYNE

CONNY LENS

Endstation Abendrot

EIN STEELER-STRASSE-KRIMI

WILHELM HEYNE VERLAG
MÜNCHEN

HAFFMANS KRIMINALROMANE BEI HEYNE
Herausgegeben von Gerd Haffmans und Bernhard Matt
Nr. 05/73. Im Juni 1994.

Wieder mal
haben wir es mit einem Roman zu tun.
Wieder mal ist alles nur ausgedacht und erfunden.
Bis auf gewisse Zustände. Die gibt es.
Immer noch.

Für Friedrich,
ohne den dieses Buch nie entstanden wäre.

Einzig berechtigte Taschenbuchausgabe
Wilhelm Heyne Verlag GmbH & Co. KG, München
Printed in Germany 1994
Konzeption und Gestaltung: Urs Jakob
Umschlagillustration: Gerd Bauer
Umschlaggestaltung: Atelier Ingrid Schütz, München
Gesamtherstellung: Ebner Ulm

ISBN 3-453-07883-7

Dabei sind diesmal:

Wolli Schröder	der alles aufgibt, das Büro, die Frau fürs Leben und sich selbst
Chris Ullmann	die nicht dran denkt aufzugeben und statt dessen Bodyguard wird
Benno Korn	der Ruheständler werden möchte, aber keine Gelegenheit dazu bekommt
Juliane Färber	die genug hat von Psychoterror und der Wirklichkeit
Katja Färber	die wirklich ist und reich und jung
Bert Kutschera	der sich schon jung gesundstößt an alten Kranken
Margot Olschewsky	die es krank macht, wenn andere ihren Spaß haben
Axel Bruns	der sich ärgert, daß er ein schlechter Sohn war
Oma Lene	die keinen Sohn mehr hat, aber alles andere als Ärger will

sowie Irmchens Taxi-Gang und jede Menge Omas und Opas

Ich folge ihr. Immer im gleichen Abstand.

Sie wird die Scheinwerfer bemerken. Soll sie bemerken. Sie soll wissen, daß ich wieder da bin.

An der Heidhauser Straße setzt sie den Blinker nach links. Es geht nach Hause. Jetzt sind zwei andere Wagen zwischen uns. Egal. Sie kann mir nicht entkommen.

Bis jetzt kann es ein Zufall sein. Vielleicht komme ich auch vom Tenniscenter. Habe zufällig ein Stück lang den gleichen Heimweg. Vielleicht hat sie auch noch gar nichts gemerkt. Doch. Bestimmt hat sie. Nach den vergangenen Wochen wird ihr die Angst in den Knochen stecken. Schön.

Zehn Uhr. Die Straße ist stark befahren. Am alten Rathaus biegt einer der Wagen ab. Die Ampel springt auf Grün.

Sie ordnet sich schon jetzt in der Mitte ein, wird langsamer, stoppt. Blinker nach links. Der entgegenkommende Verkehr fließt träge an uns vorbei. Ich fahre dicht auf. Warte mit ihr. Langsam dreht sie den Kopf zur Seite, besinnt sich, sieht wieder nach vorn. Wäre es nicht so dunkel, würde ich jetzt ihre Augen in ihrem Rückspiegel sehen. Den Zweifel darin, die aufkommende Panik.

Abrupt fährt sie los, knapp durch eine Lücke hindurch, und schießt förmlich in die dunkle Straße. Die Nerven, Juliane. Deine Nerven haben gelitten. Jedenfalls weißt du jetzt, daß ich wieder da bin.

Als ich endlich abbiegen kann, sind ihre Rücklichter nur noch kleine rote Punkte. Ich schalte hoch, gehe aufs Gas.

Sie sieht schlecht im Dunkeln. Trotz ihrer Brille. Wenn sie nichts riskieren will, muß sie langsamer fahren. Macht sie auch. Eine Angst steht gegen die andere. Ein paar Sekunden, und ich bin hinter ihr. Hallo, Juliane.

Ich halte Abstand.

Ihre Bremslichter glühen kurz auf. Der Wagen wird langsamer. Ich bremse. Zwei Wagenlängen hinter ihr. Jetzt schleicht sie. Will Gewißheit. Kann sie haben. Mit Tempo dreißig belauern wir uns. Sie hält an. Ich stoppe. Was nun? Was hast du vor? Katzenaugen reflektieren in der Dunkelheit. Oh! Sie steigt aus. Bleibt neben der geöffneten Tür stehen, starrt in meine Richtung. Eine zaghafte Bewegung, ein Schritt. Zögernd kommt sie auf mich zu. Ich schalte das Fernlicht an, laß den Motor aufheulen. Sofort hebt sie die Arme vors Gesicht. Im nächsten Moment ist sie ins Auto gesprungen, fährt los. Na, siehst du. Ich bestimme die Spielregeln. Ich.

Zweihundert Meter noch. Immer im gleichen Abstand. Dann biegt sie aufs Grundstück ein. Ich halte neben dem Tor. Ihr Wagen steht vor dem Haus. Der Motor wird ausgeschaltet. Jetzt wird sie ihren Hausschlüssel hervorkramen. Damit es schneller geht. Richtig. Sie steigt aus, schließt den Wagen nicht mal ab, läuft zur Tür. Verschwindet im Haus.

Ich warte. Kalt ist es. Ein schneidender Wind fegt über die Felder.

Im Erdgeschoß werden die Vorhänge zugezogen.

Soll ich ... ? Nein. Gönnen wir ihr eine Pause.

****

Wo der Kalender gehangen hatte, war ein schmutzig umrandeter Fleck geblieben. Offene Kartons mit Akten standen herum. Ihr Schreibtisch war schon weggeschafft worden. Die meisten anderen Möbel auch. An der Küchentür klebte noch das Schild *Dunkelkammer.*

Chris zog die Nase hoch. Ob sie einen Zettel schreiben sollte? Warum?

Sie drückte die Zigarette in den schmutzigen Aschenbecher. Sauber machte hier keiner mehr.

»Scheiße«, sagte sie. Und dann noch mal, lauter. Sie trat gegen den Besucherstuhl, daß er bis zum Fenster flog. »Alte Scheiße!« Dann schnappte sie ihre Tasche.

Im Treppenhaus kam ihr eine Frau... falsch, eine Dame entgegen und ging an ihr vorbei nach oben. Ihre Parfümwolke nahm Chris fast die Sicht.

»Wollen Sie zu Schröder?«

Mit dem Blick hätte man Glas ritzen können. »Zur Detektei Schröder, ja.«

»Gibt's nicht mehr.«

Eine Augenbraue verschob sich. »Nicht?«

»Nee«, sagte Chris und hopste die Treppe runter. »Die Firma wird aufgelöst. Wenn Sie eine Rechnung bringen, schieben Sie sie einfach unter der Tür durch.«

»Moment bitte.«

Chris wartete genervt.

Die Dame setzte betont Bein vor Bein. Sie hätte mal sehen müssen, wie bescheuert das in diesem Treppenhaus aussah. »Herr Schröder ist nicht da?«

»Nee«, wiederholte Chris.

»Das ist dumm.« Kleine Unmutsfalten gruben sich um ihren Kirschmund. Wenn sie nicht aufpaßte, sprang ihr gleich das Make-up vom Gesicht. »Wann kommt er denn wieder?«

»Keine Ahnung.« Chris drehte sich um. »Er nimmt aber keine Aufträge mehr an.«

Hinter ihr stöckelte es ohrenbetäubend. »Wissen Sie das genau?«

Langsam durchatmen. »So waren seine Worte.«

Das Gestöckel holte sie ein. »Gehören Sie zum Büro?«

»Sie kommen wohl von Infas.«

Unter der Schminkschicht lächelte was. »Sie sind nicht zufällig eine seiner Mitarbeiterinnen?«

Eine! Tss! »Doch. Bis vor drei Tagen jedenfalls.«

»Wunderbar.« Eine Hand legte sich auf ihren Arm. Chris zog ihn weg. »Ich hätte einen Auftrag für Sie.«

»Noch mal zum Mitschreiben«, Chris hielt ein Schlußwort für angebracht, »– die Firma wird aufgelöst und...«

»Ich habe in der ganzen Stadt nach einer Detektivin gesucht. Ein Herr Pell... Pellmann?«

»Pelldorf«, korrigierte Chris.

»Herr Pelldorf verwies mich dann auf Ihre Firma.«

»Tut mir leid. Ich muß noch einkaufen, und die Läden schließen gleich.« Christiane schoß ein Lächeln ab und ruckelte die klemmende Haustür auf.

»Man will mich umbringen.«

Frau Ullmann wurde steif. Sie sah über die Schulter.

Madams Mundwinkel zitterten unkontrolliert. »Bitte! Helfen Sie mir!«

Unter allen möglichen Umständen wäre das nicht frei von Kitsch gewesen. Aber die Mami da meinte es ernst.

»Tja...«

»Sie können jetzt doch sicher Geld gebrauchen.«

Nicht ungeschickt.

»Wo Sie Ihre Arbeit verloren haben.«

In Christianes Kopf keiften augenblicklich zwei Stimmen los. *»Laß ja die Finger davon!«* und *»Hör dir die Geschichte wenigstens an.«* Und ganz hinten schrie eine dritte: *»Geld! Geld! Geld!«*

»Können wir uns irgendwo in Ruhe unterhalten?«

»Äh ... nebenan«, sagte Chris. Sie wußte, daß ihre Entscheidung damit gefallen war. In ihrer Situation ging das auch recht flott. Da reichte schon ein Gedanke an den überfüllten Flur im Arbeitsamt.

Vor dem Haus stand ein pechschwarzes 300er SL Coupé. Chris war sicher, daß es keinem der Nachbarn gehörte. Die Stimme, die *Geld! Geld! Geld!* geschrien hatte, lachte meckernd.

»Ist aber nur gutbürgerlich.«

Bis auf ein paar Stammgäste mit Sitzfleisch waren die *Hubertusstuben* leer. Bruno guckte erstaunt.

»Zwei Kaffee.« Chris rutschte in die Eckbank.

»Und einen Calvados«, setzte Madam nach. Sie bot ihr eine Zigarette mit goldenem Mundstück an.

»Danke. Mach ich selbst.« Chris porkelte den Halfzware aus der Jacke. »Christiane Ullmann«, sagte sie und legte ihren Detektiv-Ausweis auf den Tisch.

»Juliane Färber.« Die neue Klientin klappte den Ausweis auf. »Die kurzen Haare standen Ihnen aber besser.«

Chris ließ die Schultern zucken. Schröder hatte so lange gejammert, bis ihre Ohren wieder zugewachsen waren. Und wozu das alles? Dieser Arsch. »Wer will Sie umbringen?«

»Ich weiß es nicht.« Die Färber nahm den Calvados und kippte ihn. »Noch einen, bitte.«

Bruno gluckste anerkennend. Er hatte so seine eigenen Maßstäbe.

»Die Stimme ist verstellt. Aber ich glaube, es ist ein Mann.« Die Glut ihrer Zigarette wurde langgesaugt. »Er ruft an. Fast jeden Tag. Sogar mitten in der Nacht.«

»Seit wann?«

»Ziemlich genau seit vier Wochen.«

»Und was sagt er?« Christianes Neugier züngelte. Sie kannte mindestens ein Dutzend Frauen, die am Telefon sexuell belästigt worden waren. Nur ihr war das noch nie passiert. Ihr nicht. Typisch.

»Daß er mich umbringen will.«

»Keine sexuellen Andeutungen?«

»Ja. Doch. Aber ich glaube, darum geht es ihm nicht.« Sie zog ihre Hand über die Wange. »Seit ungefähr zwei Wochen beläßt er es auch nicht mehr bei Anrufen.«

»Sondern?«

»Er folgt mir. Gestern erst wieder. Ich kam spät vom Tennis und...« Sie preßte die Kiefer aufeinander. Es half. Das Glitzern in ihren Augen verschwand. »Ich weiß nicht mehr, was ich tun soll.«

»Polizei.«

Die Färber winkte ab. »Sie haben mir angeboten, eine Fangschaltung zu legen. Oder ich soll eine Geheimnummer beantragen. Die haben mich gar nicht ernst genommen.«

Bruno stellte polternd zwei Tassen ab. »Noch ein Schnäpschen dazu?«

Kopfschütteln. Sie wartete, bis er sich enttäuscht verzogen hatte. »Niemand glaubt mir.«

»Wer ist niemand?«

»Alle.« Sie schaute zur Wand, als müsse sie überlegen. »Halt alle. Im Heim, in der Familie.«

»Heim?« In Chris wuchs ein Fragezeichen.

»Ein Seniorenheim. Mein verstorbener Mann hat es mir hinterlassen. Haus Abendrot. Vielleicht haben Sie schon davon gehört.«

Hatte sie nicht. »Gibt es jemanden, dem Sie so was zutrauen? Neider? Feinde?«

»Nein.« Die Antwort kam eine Idee zu schnell.

Chris probierte den Kaffee. In diesem Punkt hatte Bruno seit Jahren nichts dazu gelernt ... »Und ich soll den Kerl also finden?«

»Ja. Nein.« Die Färber druckste. »Ich möchte jemanden im Haus haben. Eine Frau, die auf mich aufpaßt. Und den Kerl schnappt, wenn er ... falls er mich ...«

»Eine Leibwächterin also.«

Sie nickte. »Ja.«

»Beim letzten Wiegen habe ich es auf sechsundfünfzig Kilo gebracht«, sagte Christiane. »Für einen Bodyguard nicht gerade das ideale Kampfgewicht.«

Juliane Färber lächelte schnell. »Sie machen das schon. Ich weiß das. Irgendwie weiß ich, daß ich Ihnen vertrauen kann.«

»Ja ... äh.« Bißchen viel Dickes auf einmal.

»Ich habe mir gedacht, Sie könnten eine Zeitlang bei mir wohnen. Wir sagen einfach, ich hätte Sie als Sekretärin eingestellt.«

Ja klar. Chris richtete sich schon mal auf Hohngelächter

ein. Nach vierundzwanzig Stunden würden alle Beteiligten genau Bescheid wissen.

»Wie ist Ihr Tagessatz?«

»Vierhundert Mark plus Spesen«, sagte Chris.

»Tausend«, sagte die Färber.

Chris schluckte. »Das ist viel Geld. Und es kann lange dauern. Ich kann Ihnen auch keinen Erfolg garantieren.«

»Sie sollen mich beschützen. Mehr nicht.«

Chris pustete Luft raus.

»Nehmen Sie an.« Ihre Hand kroch über den Tisch, besann sich eines Besseren und umkrallte die Zigarettenschachtel. »Bitte, Frau Ullmann.«

Es war schön, wenn mal einer bitte sagte. »Gut.«

Die Färber atmete tief aus. »Sie werden über alles, was Sie erfahren, absolutes Stillschweigen bewahren?«

Chris nickte. »Keine Sorge.«

****

Komm schön. Komm. So ist es recht.

Jetzt bleibt sie stehen, sieht hoch zum verhangenen Himmel. Sie fröstelt. Ich kann genau sehen, wie sie sich schüttelt. Ist ihr kalt? Oder hat sie Angst? Natürlich hat sie Angst. Auch wenn sie so sorglos schlendert. Durch ihren Park, diesen unübersichtlichen Park. Rechnet sie denn nicht damit, daß jemand hier sein könnte? Direkt in ihrer Nähe?

Sie ist noch zu arglos. Das müssen wir ändern. Ihre Angst muß noch größer werden. Bis sie sich nicht mehr vor die Tür wagt. Nicht, ohne über die Schulter zu sehen. Nicht mehr schlafen kann, aus Angst, daß ich komme. Daß ich plötzlich da bin. Mitten in ihrem Alptraum. Einem Alptraum, der nicht endet, wenn sie erwacht.

Sie kommt tatsächlich herüber.

Ich drücke mich tiefer in die Sträucher. Es raschelt leise.

Nun bleibt sie stehen. Hat es gehört. Sie sieht sich um.

Geht weiter. Den Kopf in den Nacken gelegt. Woran sie wohl denkt?

Jetzt! Ganz dicht kommt sie an mir vorbei. Ich kann ihr Parfüm riechen, ihren Atem hören.

****

Schröder stand an der Theke. Den Trench offen, eine Haarsträhne in der Stirn.

»Hab ich dich warten lassen?«

»Zwölf Pils lang.«

»Na, die paar Minuten.« Chris kletterte auf den Hocker neben ihn. »War er schön, dein Tag?«

Ein Knurren antwortete ihr.

»Hast einen starken Auftritt verpaßt. Heute morgen.«

»Aha.«

»Reiche Witwe, dicker Benz, tausend Mark pro Tag.«

Schröder zog sein Pils weg und hielt das leere Glas hoch.

»Wo bleiben deine Reflexe, Chef? Bei tausend Mark zitterten dir früher die Speichelfäden am Kinn.«

»Nichts bleibt, wie es ist«, versuchte er. »Eh, Mike! Soll ich mein Bier vielleicht selbst zapfen? Wo sind wir denn hier? Im Café Hemdhoch?«

Mike trug seit neuestem ein weißes Tuch vor dem Bauch. Sollte wohl italienisch aussehen. Irgendwie war das *Neon* stark heruntergekommen.

»Und einen Weißwein für die Dame. Aber nicht so ne Essigplörre.«

»Si«, sagte Mike. Jetzt drehte er wohl ganz durch.

»Tausend Flocken? Wer zahlt denn das?«

Sie erzählte ihm kurz von Juliane Färber. »Hört sich nach Dörrbritsch an, was?«

»Hört sich nicht ungefährlich an.«

»Quatsch. Da will sich irgend so ein Spinner interessant machen. Kennst die Typen doch.«

»Und wenn nicht?«

»So ist es. Glaub mir.«

»Ich weiß nicht, Chris. Ich hab da ein ganz komisches Gefühl. Da will einer diese Frau umlegen, und du quartierst dich bei ihr ein.«

»Wolli.«

»Du. Wenn dir da einer an die Karre pis...«

»Schrei ich, und du kommst und rettest mich.«

»Versprochen?«

»Versprochen.« Sie tapste ihm den Arm. »Kannst aber auch von vornherein mitmachen.«

Schröder schüttelte den Kopf. »Unsere Zeit«, sagte er, »die ist vorbei.« Er suchte nach Zigaretten, fand die Schachtel leer und ließ es sein. Eine Weile stierte er vor sich hin. »Verena hechelt vor Schadenfreude«, sagte er dann.

»Wird ihr vergehen, sobald deine Unterhaltszahlungen ausbleiben.«

»Heh?«

»Warte mal ab, was die beim Arbeitsamt zahlen. Da werden aber die Augen feucht.« Sie nahm den Weißwein entgegen.

»Arbeitsamt.« Schröder schnappte sein Pils, als wäre es das letzte in seinem Leben. »Morgen früh hab ich einen Termin bei Rennecke.«

»Ah ja. Und der macht dich gleich zum Einsatzleiter.« Sie stieß ihn an. »Mensch! Vielleicht sucht der schon seit langem einen Nachfolger. Und plötzlich stehst du vor ihm, und er weiß...«

»Ullmann!«

»Ist ja gut. Ist ja gut.«

Eine halbe Zigarette schwiegen sie. Chris wippte mit der Schuhspitze und sah sich um. Schröder malte mit dem Finger nasse Kringel auf die Tresenplatte.

»Du bist ein Arsch, Wolli.«

Keine Reaktion.

»Daß du so schnell aufgibst. Hätte ich nicht gedacht.«

»Ph!«

»Es muß doch eine andere Wohnung zu finden sein.«

»Die Wohnung ist nur das halbe Problem.« Er klaute sich ihren Tabak. »Solange ich selbständig bin, kann ich mir nichts Besseres leisten. Andererseits ist so ne Bude zu klein. Um drin zu leben und zu arbeiten. Oder sollen sich die Klienten aufs Bett setzen?«

»Bisher hast du sie ja auch ins *Café Overbeck* bestellt.«

»Ach? Und das soll so weitergehen?«

Uargh! Wenn er nicht wollte, wollte er nicht. Sie guckte unauffällig von der Seite. Kaputt sah er aus. Und daran war nicht das dreizehnte Pils schuld.

Schröder unterdrückte einen Rülpser. Dann schüttelte er den Kopf und trank sein Bier weg. »Ich hab die Schnauze voll. Ich will nicht mehr so weiterwursteln. Nie Geld auf der Tasche. Seit Jahren keinen Urlaub. Nicht mal'n eigenen Fernseher. Und der Wagen ... Tss! Der Ascona bricht mir demnächst unterm Arsch weg. Daß so'n Haufen Rost überhaupt fahren kann.«

»Man muß klein anfangen, sagte der Zwerg.«

»Chris. Wir fangen seit Jahren an. Kaum ist Verena bezahlt, kommt das Finanzamt. Oder die Berufsgenossenschaft. Oder die Krankenkasse. Oder ein anderer Verein. Gibt ja genug, die die Kralle aufhalten.« Er setzte sein Glas ab. »Wenn ich mal vernünftig frühstücken will, muß ich gleich Blut spenden.«

»Aber für Rennecke schuften, was? Objektbewachung, Transportbegleitung, Vierundzwanzig-Stunden-Dienst. Heute in Duisburg, morgen in Marl. Und als Vorgesetzten einen von diesen Zwanzigjährigen mit Sonnenbrille und Schnurrbärtchen. Schröder, das überlebst du doch keine Woche.«

»Ja, dann mal raus damit, gnädige Frau. Was soll ich denn Ihrer Meinung nach tun? Vielleicht zu McDonald's und mit Käppi hinter die Theke?«

Chris verdrehte die Augen.

»Weißt du, was das für ein Gefühl ist? Wenn mir in der Sparkasse mein Kundenberater entgegenkommt? Jedesmal denke ich, die lassen mich nur gegen Kaution wieder gehen.«

»Du weißt genau, daß wir mehr Aufträge kriegen könnten.«

»Klar. Sicher. Und fünf Telefonleitungen zusätzlich. Damit auch alle Klienten zu uns durchkommen.«

»Natürlich klappt das nicht, wenn Herr Schröder sechzig Prozent aller Aufträge ablehnt. Aus ethischen, moralischen, politischen oder sonstwie Gründen.«

»Ich arbeite nicht für die Industrie.«

»Was glaubst du, was du bei Rennecke machen wirst?«

»Das ist was anderes.«

Einen Augenblick verschlug es ihr die Sprache. Und das sollte was heißen. »Mein Gott, Wolli«, sagte sie leise. »Du tust dir ja so leid.«

»Das nimmst du zurück!«

»Sicher.« Sie griff ihre Tasche und rutschte vom Hocker. »Ich hatte einen Wein, Mike.«

»Christiane.«

Ohne auf ihn zu achten, legte sie fünf Mark auf den Tresen und ging.

Die Luft war kalt. Es roch nach Herbst.

Sie war noch keine zwei Schritt weit, da war er neben ihr.

»Geh doch nicht einfach.«

Sie blieb stehen. Seine Bartstoppeln schimmerten im Laternenlicht. Zerknautschter Bogart. Schnüffler. Einsamer Wolf. »Komm«, sagte sie. »Trinken wir noch einen Kaffee bei mir.«

Was es zu sagen gab, war längst gesagt. Und so sagten sie eben nichts.

****

Der Cherry hoppelte an die Ampel und kam halb auf der Kreuzung zum Stehen.

»Die Bremsen«, knurrte Chris und notierte das gleich auf dem Block am Armaturenbrett. Das Blatt war schon gut voll.

Generalüberholt, hatte Hannes gesagt. Was immer er darunter verstand. Aber das reparierte er alles. Und zwar kostenlos.

Dreiundneunzigtausend runter, zweite Maschine.

Aber was verlangt man für fünfhundert Bucks?

Neben ihr bröttelte es gefährlich. Ein Trabant kokelte unbefangen die Herbstluft voll. Chris nahm sich vor, nie wieder schlecht über ihr Auto zu reden.

Hinter ihr hupte es.

Ja, mein Gott! Die Kupplung kam hörbar. Der erste Gang wollte immer etwas schwer rein. Los ging's.

»Neuen Abenteuern entgegen.« Vielleicht war das der Anfang einer strahlenden Solo-Karriere, wie man im Showbiz sagte. Andere hatten sich schließlich auch getrennt. Simon & Garfunkel, Cream, die Beatles, Kohl und Geißler. Um dann im Alleingang richtig durchzustarten und ...

»Schröder ... !«

Irgendwie machte es keinen Spaß ohne ihn. Er nervte, er war chaotisch, er trank. Sicher. Aber es war nie langweilig mit ihm gewesen. Nee, nee. Das hier war das letzte Mal. Und danach? Sie konnte tippen, stenografieren. Vielleicht ließ sich daraus was machen. Nur was? Sie war jetzt fast vierzig. Zu spät für was Neues? Möglich. Aber weiterhin Detektiv spielen? Wie sollte das gehen? Das war wie Tapezieren. Allein funktionierte das bei ihr nicht. Oder?

»Ja und nein und vielleicht und doch. Verdammt! Nun laß dich nicht so hängen!« Sie knüppelte den dritten Gang ein. »Wenn Wolli nicht will, dann soll er doch zu Rennecke gehen. Dann mach ich eben allein weiter. Schluß. Aus. Ende!«

So. Sie war wieder im Leben.

Links tauchte das *Kamillushaus* auf, auch *Nasenbleiche* genannt. Ein Ort für die Juhnkes und Schröders dieser Welt. Sie zog den Cherry auf die Fahrbahnmitte und bretterte in den Iländerweg.

Nach dreihundert Metern wurde es ländlich. Nach weiteren fünfhundert einsam. Von hier bis zum Birkenhof war es höchstens eine halbe Stunde zu Fuß. Tröstlich zu wissen.

Die Adresse zu finden, hätte sogar Gerd-Uwe geschafft. Ein kleiner Parkplatz trennte zwei Einfahrten. An der hinteren stand ein Schild *Haus Abendrot.* Chris nahm die erste durch ein Gittertor und war auf Southfork.

»Wow!«

Stückchen länger, und der Weg wäre als Allee durchgegangen. Und dann das Haus. Weiß, vornehm und groß. Sehr groß. Fenstertüren führten auf eine Terrasse mit Grillkamin, hellen Gartenmöbeln und Hollywoodschaukel. Das Knistern von Geldscheinen lag in der Luft.

Vor dem Haus standen ein roter Porsche und der Benz. Chris stellte den Cherry dazu. Sah gleich viel lockerer aus.

Sie zerrte ihre Reisetasche vom Rücksitz, fuhr sich durch die Haare und drückte auf den Klingelknopf. Drinnen dingdongte es verhalten. Es dauerte. In solchen Haushalten spurtete man natürlich nicht von Neugier zerfressen an die Tür, um nachzusehen. Endlich erschien eine ältere Frau mit Haarknoten. Bevor sie den Mund aufbekam, flutschte was Weißes an ihr vorbei.

»Hi!« Chris ging in die Knie und kraulte die kleine Katze am Hals. »Du bist aber lieb.«

»Unsere Katinka«, sagte die Frau. »Mit jedem muß sie schmusen. Sie sind Frau Ullmann?«

»Ja.« Chris streckte ihr die Hand hin.

»Ich bin Martha, die Haushälterin. Treten Sie näher. Die gnädige Frau erwartet Sie.«

Um eine Diele zu sein, hätte die Diele dreißig Quadratmeter weniger haben müssen.

Aus einer zweiflügligen Tür kam ihr die gnädige Frau mit

ausgestreckten Händen entgegen. »Christiane. Wie schön, daß Sie da sind.«

Kurzes Berühren der Wangen, strahlendes Lächeln. Es gab äußerst wenige Leute, die Chris so begrüßten. Welche, die sie erst seit gestern kannte, waren nicht darunter. Daß die Färber die ganze Zeit ihre Fingerspitzen umfaßte, machte es nicht besser.

»Martha, kümmern Sie sich bitte um Frau Ullmanns Gepäck.« Wenn man es liest, klingt es höflich. Nicht aber, wenn Juliane Färber es sagte. »Kommen Sie.« Sie hakte sich bei ihr unter und dirigierte sie ins Wohnzimmer.

Chris schnappte unauffällig nach Luft. Natürlich hatte sie nicht gerade mit einer Hucke gerechnet. Aber das hier tendierte stramm in Richtung Turnhalle. Alles sehr hell, lichtdurchflutet. Blick in den Garten, weißer Flügel, flauschige Teppiche, drei Sitzgruppen. Drei!

Neben ihr hielt sich eine Art Sarotti-Mohr in Livree und Turban an einer Lampe fest. Zwei seiner Kumpels flankierten den Kamin. Dazu Kristallvasen mit vergoldeten Rosen.

Jemand erhob sich aus einem der dicken Ledersessel. Chris rechnete fest mit Anneliese Rothenberger. Statt dessen war es ein junges Mädchen, etwa um die zwanzig. Viel mehr als ihre Jeans hatte Christianes Auto auch nicht gekostet. »Sie sind also Julianes neue Sekretärin.«

Julianes neue Sekretärin spürte, wie sich ihr Rückgrat verhärtete. Hundert Jahre Sozialdemokratie hatten wohl einen Bogen um dieses Haus gemacht.

»Das ist Katja«, sagte die Färber und schob Chris weiter.

Die Augen der Kleinen folgten ihnen. »Störe ich euch?«

»Ja.« Juliane goß etwas aus einer Karaffe in zwei Gläser. »Frau Ullmann und ich haben eine Menge zu besprechen.« Sie hielt Chris eins der Gläser hin.

Christiane roch dran. Es war Port.

»Auf eine angenehme Zusammenarbeit.« Sie stieß mit ihr an, als wäre Silvester.

»Ich rufe dich dann an«, sagte die Kleine von der Tür.

»Tu das.«

Die Färber nahm keine Notiz von ihr. »Sie möchten jetzt bestimmt Ihr Zimmer sehen.«

»Wenn es geht, das ganze Haus.«

»Aber gern.« Sie nahm Chris das Glas ab, stellte es beiseite und nahm ihren Arm. So langsam wurde das zur Manie.

Draußen wurde der Porsche gestartet und röhrte vom Grundstück.

»Eine Verwandte?«

»Etwas Ähnliches.«

Die Besichtigung des Hauses bewies nur wieder mal, daß Schröder und sie irgendwie auf dem falschen Weg waren. Drei Balkons, für jeden Sonnenstand einen. Vollelektronische Küche, Partykeller, Fitneßraum und Schwimmbad.

»Darf ich da auch ...?«

»Aber natürlich. Ich möchte, daß Sie sich hier wie zu Hause fühlen.« Juliane lächelte. »Sie müssen sich mit allem vertraut machen. Denn nach dem Abendbrot sind wir zwei auf uns gestellt.«

»Wohnt Martha denn nicht hier?«

»Nein nein.» Juliane schritt vor ihr die Treppe hinauf. »Ich ertrage es nicht, mit dem Personal unter einem Dach zu leben.« Sie öffnete eine Tür. »Ihr Zimmer liegt gleich neben dem meinen. Ich finde das beruhigender.«

Wäre es ein Hotel gewesen, Chris hätte sofort die Preisliste konsultiert. Der Kitsch hatte auch hier satte Spuren eingegraben. Aber ansonsten ... Doppelbett, Sitzgruppe, Telefon, Color-TV. Auf dem Couchtisch stand ihre Tasche. Daneben lag ein Scheck über fünftausend Mark.

»Ein Vorschuß. Wenn Sie mehr brauchen, sagen Sie es.«

Julianes Fingerspitzen drückten eine Tapetentür auf. »Ihr Bad. Ich hoffe, Sie werden sich wohl fühlen.«

Chris wagte einen Blick. Marmor. Wie bei Lissbeth von England. »Doch.« Sie räusperte sich. »Äußerst kommod.«

»So, Christiane. Bis zum Mittagessen habe ich zu tun. Sehen Sie sich ruhig überall um.« Ein Lächeln, ein Klaps aufs Ärmchen. Und weg war sie.

Chris fältelte den Scheck und steckte ihn in den BH. Dann ging sie nach unten. Eine Runde durchs Gelände konnte nicht schaden.

Hinter dem Haus gab es eine Liegewiese und, von Büschen halb verdeckt, ein Gewächshaus. Ein kleiner Park mit Springbrunnen, einem Teich und verschlungenen Wegen unter dichtstehenden Bäumen schloß sich an. Eine Mauer zog sich an der Ostseite entlang.

Chris fand ein angelehntes Tor und betrat das Nachbargrundstück. Auch hier ein Park. Das Gras auf der Wiese stand allerdings höher als bei Juliane. Das einzige Gartenmöbel war ein Campingtisch, der verlassen und pottdreckig unter einem Baum stand.

Und da war es dann. Haus Abendrot. Ein langgestreckter Bau aus rotem Backstein.

Chris schlenderte näher. Durch ein großes Fenster konnte man in einen Tagesraum sehen. Omas mit Strickzeug, Opas mit Zeitungen. Unter der hohen Decke hingen Neonröhren. Eine davon flackerte.

Da der Haupteingang offenstand, ging Chris hinein. Es roch nach ... Rindfleischsuppe? Neben der Treppe lag reglos ein alter Mann auf einer Bahre. War der tot?

»Sie wünschen?«

»Huch!« Christiane fuhr herum. »Sie haben aber die Schreck-Nummer drauf.«

Die Frau trug einen weißen Kittel und lutschte klickend an einem Bonbon herum. Ihrem Gesichtsausdruck nach war es mit WC-Reiniger gefüllt. «Unbefugten ist der Zutritt zum Heim verboten.«

»Ich bin Frau Färbers neue Sekretärin.«

»Dann sollten Sie sich drüben im Haus um Ihre Arbeit kümmern.« Ihr Kinn wies unmißverständlich zur Tür.

»Ich wollte mich nur mal umsehen.«

»Hier gibt es nichts zu sehen.« Na, Florence Nightingale war das nicht gerade. Und einen Blick hatte die drauf. Fehlte nur noch ne Handvoll Nattern in der Frisur, und fertig war die Medusa.

Chris lächelte. »War nett, mit Ihnen zu plaudern.«

Erst an der frischen Luft merkte sie, was da drin so gemüffelt hatte.

»Von wegen Rindfleischsuppe. Schweiß.«

Als sie sich umdrehte, stand der Hausdrachen immer noch da und sah ihr nach.

Sie ging zurück und war kaum durch das Tor, als sie Schritte hinter sich hörte.

»Entschuldigen Sie bitte.«

Ein Blick reichte, um den Kerl nicht zu mögen. Er sah aus wie ein schlechter Witz über Udo Jürgens. »Kutschera. Bert Kutschera.« Dabei klemmte er sich eine Postmappe unter den Arm und gab ihr die Hand. »Ich bin der Geschäftsführer.«

»Machen Sie Experimente mit den Alten?«

Eine Sekunde sah er sie verdattert an. »Wie?«

»Ich dachte nur. Weil ihr Bouncer mich rausgeworfen hat.«

Er lachte. Es klang wie trockenes Husten. »Margot war wohl etwas schroff.«

Sie befreite ihre Hand. »Kann man so ausdrücken. Ich bin Christiane Ullmann.«

»Ich weiß.« Kutschera machte eine Geste zum Haus und lief neben ihr her. »Frau Färber hat mir von Ihnen erzählt. Erstaunlich. Sie hat noch nie eine Sekretärin gehabt.«

Da bröckelte es schon, das Inkognito.

»Vielleicht hat sie auch nur Angst. So allein in dem großen Haus. Sie hat ihnen doch von den Anrufen erzählt? Von diesem Kerl?«

»Äh ... ja«, sagte Chris.

»Schrecklich. Finden Sie nicht?« Er plapperte weiter, bis sie im Haus waren.

Juliane kam gerade von oben herunter. »Sie?«

»Guten Morgen, gnädige Frau. Ich bräuchte nur ein paar Unterschriften.«

»Nicht jetzt.«

»Eine Minute nur.«

»Bitte.« Ihre Hand fuhr zur Stirn. »Quälen Sie mich nicht.«

Chris guckte von einem zum anderen. In welchem Stück war sie denn hier gelandet?

****

Was will die hier? Diese Kleine. Das paßt mir ganz und gar nicht. Ich will, daß Juliane allein ist.

Sie kommen. Juliane schließt die Haustür ab. Die Kleine hält ihr die Autotür auf. Aha. Eine Tennistasche. Es geht zum Sport. Die Kleine setzt sich hinters Steuer. Der Wagen fährt an, kommt direkt an mir vorbei. Scheinwerfer streichen über die Zweige. Ich trete einen Schritt zurück. Lasse sie fahren.

Im Haus brennt Licht. Ein plumpes Täuschungsmanöver. Martha ist längst gegangen.

Der Park ist dunkel. Vom Heim schimmert Licht herüber. Sieht richtig hübsch aus. So gemütlich.

Ich nehme den Weg an der Mauer entlang. Verlasse das Grundstück auf der anderen Seite. Halb sieben. Zeit genug. Das Auto ist unter den Büschen kaum zu sehen. Langsam fahre ich über den Feldweg bis zur Straße. Das Licht schalte ich erst hinter der letzten Kurve ein.

Mit dem Abendverkehr schiebe ich mich langsam den Hügel hinunter. Wie immer staut sich alles vor der Abtei. Endlich kann ich abbiegen. Ich parke auf dem Bürgersteig. Gehe die paar Schritte zum Postamt und werfe den Brief ein. Ja. Jetzt dürfte sie da sein. Ich ziehe die Tür der Telefonzelle hinter mir zu, suche nach Groschen. Die Nummer kenne ich auswendig.

»Tenniscenter Heidhausen.«

»Neuenburg«, sage ich. »Frau Färber müßte bei Ihnen sein. Kann ich sie kurz sprechen?«

»Einen Moment. Ich sehe mal nach.«

»Sagen Sie, Martha wäre am Apparat.«

»Sekunde.«

Im Hintergrund höre ich das Floppen der Bälle und leise Musik. Stimmen. Der Hörer wird aufgenommen.

»Ja, Martha? Was ist denn?«

»Hallo, Juliane. Du kleines Miststück.«

****

»Kann man das auch leiser machen?«

»Mögen Sie Strauß nicht?«

»Doch, doch.« Chris drehte den Regler der Stereoanlage etwas herunter. »Erinnert mich immer an Sissi.«

Die Färber drehte sich auf den Rücken und seufzte mit geschlossenen Augen. Ihre Arme bewegten sich im Takt der Walzermusik. »Warum kommen Sie nicht herein? Es ist so angenehm. Sie sollten wirklich hereinkommen.«

Chris hob die Magnumflasche ein Stück aus dem Sektkühler. Fast leer. Die Färber zog gut was weg. Man sollte sie mit Schröder bekanntmachen.

»Ich liebe es. Diese Musik, dieses Dahingleiten.« Sie schwamm auf den Beckenrand zu. »Ach...« Ihre Hand konnte die Flasche kaum halten. »Helfen Sie mir.«

»Sie sollten nicht soviel trinken.«

»Wollen Sie mir Vorschriften machen?« Ihr Kopf zuckte hoch. »Wollen Sie etwa...?«

»Nein. Natürlich nicht.«

»Dann sagen Sie so etwas nicht.« Sie trank mit zitternder Hand. In einem Zug. »Ich brauche das. Sie... Sie haben es ja selbst miterlebt.« Wieder war dieser weinerliche Ton in ihrer Stimme.

»Ich verspreche Ihnen, wir kriegen den Kerl.«

Die Färber ließ das Glas in den Kühler fallen. Mühsam zog sie sich an der Einstiegsleiter hoch. Chris half ihr.

»Würden Sie mir den Rücken abtrocknen?«

Chris griff das oberste Badetuch vom Stapel und legte es Juliane über den Nacken.

»Richtig abtrocknen.«

Es kostete sie Überwindung. »Als Sie vorige Tage verfolgt wurden. Haben Sie den Wagentyp erkannt?«

»Nein.«

»Das Nummernschild auch nicht?«

»Nein.« Juliane wandte den Kopf, lächelte. »Sie machen das sehr... zärtlich.«

Gut, daß Schröder weit weg war.

»War es ein großer oder mehr ein kleiner Wagen?«

»Muß das jetzt sein?« Abrupt riß sie Chris das Tuch aus der Hand. »Ich möchte zu Bett.«

Chris atmete pfeifend aus. Die tausend Mark wollten erst mal verdient werden.

****

Gegen acht wurde Chris wach und fand sich zwischen glänzendem Satin. O Gottchen!

Mit zierlichen Bewegungen schlug sie das kostbar Tuch beiseite und stieg vom Lager. Trunken noch vom Schlafe öffnete sie weit die Fensterflügel und trank in vollen Zügen die frische Morgenluft. Sich wohlig räkelnd begab sie sich ins Bad, wo kühler Marmor ihre Füße umschmeichelte. Und lustig sprudelnd schoß sogleich das klare Naß aus goldnen Hähnen ins Bassin.

Tatsache. Die Hähne waren wirklich vergoldet, sahen jedenfalls so aus. Tatsache zwei: Die Wanne war im Boden eingelassen und durchaus als Nichtschwimmerbecken brauchbar.

»Da drin könnte man einen Kaiman großziehen.«

Eine halbe Stunde verwöhnte sie sich im Knisterschaum. Bis ihr Magen knurrte.

Draußen schien die Sonne. Wo sonst? Und da es so nett warm war, hatte Juliane auf der Terrasse anrichten lassen.

»Christiane.« Arme reckten sich ihr entgegen. Sollte jetzt wieder gebüzt werden?

»Morgen«, sagte Chris und setzte sich.

Serviert – jawohl serviert, man brauchte sich nichts selbst zu holen – wurde von Lissi. Einer gutmütigen Person unbestimmten Alters.

»Sie arbeitet halbtags drüben«, damit winkte Julianes Messer zum Heim. »Morgens hilft sie Martha bei der Hausarbeit.«

Zwei Frauen, um eine einzige zu bedienen.

»Die beiden haben auch ihre Wohnungen dort.«

Und hier stand alles leer. Nun ja, das war nicht ihre Sorge.

»Erzählen Sie. Wie haben Sie geschlafen?«

»Phan ...«, Chris biß in ein Croissant, »... taftiff. Wie eine Primfeffin.«

Juliane strahlte. Die Vögel tirilierten, was das Zeug hielt. Die Welt war mordsmäßig gut drauf. Und in Chris vibrierten noch Bettwäsche und Wanne nach. Stark, so'n Luxus. Man konnte glatt vergessen, daß man was zu tun hatte. Was eigentlich?

»Hab ich denn keinerlei Aufgaben?«

Juliane machte eine Geste, als schnipse sie ein Insekt vom Tisch. »Doch. Bei mir sein.«

Na dann. Chris freute sich schon mächtig auf das Ausdrucken ihrer Kontoauszüge.

»Die Post, gnädige Frau.« Nach allem Erlebten war es nicht verwunderlich, daß Martha die Briefe auf einem Tablett anschleppte.

Während Juliane einen Umschlag aufsäbelte und Chris die Katze kraulte, kam ein alter Mann über die Wiese. Er sah kurz herüber und verschwand grußlos hinter dem Haus.

»Wer war denn das?«

Die Färber sah auf. »Wahrscheinlich Theo. Einer der Senioren. Er kümmert sich ums Gewächshaus. Blumen sind sein Hobby.«

Ah ja. Wahrscheinlich trat gleich ein Trupp Omas zum Kartoffelschälen an. Praktisch, so ein Altenheim.

»Ist das ne GmbH oder so? Ich meine, wenn Herr Kutschera Geschäftsführer ...«

»Nein!«

Chris flutschte das Brötchen aus der Hand.

Die Färber hechelte, eine Hand gegen die Brust gepreßt.

»Frau Färber! Mein Gott, Martha!«

Die gute Seele flitzte heran. »Gnädige Frau!«

An der Tür quietschte Lissi.

»Ein Glas Wasser, schnell.«

Julianes Gesicht glänzte schweißig. »Danke. Es geht schon wieder.«

Lissi kam mit einem Glas an, hielt es ihr an den Mund.

Neugierig nahm Chris den Umschlag von ihrem Schoß. Ein Polaroidfoto rutschte heraus. Darauf Juliane Färber im Park. Ihr Gesicht war unkenntlich gemacht. Offensichtlich mit einem Messer mehrmals zerschnitten. Unten auf dem weißen Rand stand mit Schreibmaschine geschrieben: »So wird es dir ergehen, du Nutte.«

Im selben Augenblick hatte sie Julianes Arme um den Hals. »Dieses Schwein.« Chris hatte Mühe, sie festzuhalten. »Dieses verdammte Schwein.«

****

»Tja...« Wilfried Rennecke legte die gespreizten Fingerkuppen aneinander. »Das ist ja ein Ding.«

»Jetzt mach mir nicht den betroffenen Onkel«, maulte Schröder und steckte sich eine Besucherzigarette an.

»Doch, ehrlich. Das tut mir schon leid.« Es klang so, wie

wenn Freddy Krueger einem gute Nacht sagt. »Kannst du denn keine neue Bud... kein neues Büro finden?«

»In der Preislage? An der Emscher vielleicht.«

Rennecke trat ans Fenster und sah hinaus. Sollte wohl nachdenklich wirken.

»Und überhaupt«, sagte Schröder. »Wer will schon einen Schnüffler zur Miete?«

Zwei Blicke trafen sich.

»Das gibt runde Augen, was? Ist aber so.«

Rennecke atmete tief. »Ich habe es dir damals prophezeit. Mit so einer Klitsche kann man nichts werden.«

»Mann, Wilfried. Wir hatten ne Menge guter Aufträge. Wenn mir diese Sau nicht gekündigt hätte...«

»Hat sie aber. Die Sau. Und nun stehst du auf dem Schlauch.« Rennecke ließ Fenster Fenster sein und lehnte sich gegen seinen Schreibtisch.

»Und du lachst dich schlapp.«

»Unsinn, Wolfgang. Also?«

Schröder beugte sich vor. »Du gibst mir einen Job und meiner Partnerin gleich auch. Ist ein Abwaschen. Zwei Topleute in einer Woche. Da sparst du das Salär für die Headhunter.«

»Frauen kann ich nicht gebrauchen.«

»Nicht.«

»Frauen und Priester sind die schlimmsten Biester.« Rennecke wartete eine Sekunde und platzte dann selbst los.

»O Mann.«

»Frauen kommen sofort mit der Gewerkschaft, wollen Betriebsrat, Kantine und Zuschüsse zum Essen. Darüber hinaus ist das kein Beruf für Frauen.«

Rennecke hatte offensichtlich noch nichts von Maddy Hayes oder Chris Ullmann gehört.

»Und wenn du wirklich mal eine in monatelanger Arbeit aufgebaut hast und sie einsetzen könntest, wird sie kurz darauf schwanger.«

»Ah so«, sagte Schröder und machte den Mund wieder zu. »Gut. Kommen wir zu mir.«

Der schöne Wilfried tat, als überlege er. »Pelldorf braucht noch ein paar Wachmänner für Industrieanlagen.«

»Alter Schwede«, sagte Wolli. »Jetzt willst du mich aber abkochen, gell?«

»Was ich sonst noch brauche, sind Fachleute.«

»Deswegen bin ich ja hier.«

»Für Betriebswirtschaft und Steuerrecht.« Rennecke lächelte den Chef raus. »Davon können wir bei dir wohl nicht ausgehen.«

Wolfgang Schröder stand auf. Für einen Vormittag war das genug an Demütigungen. »Du hattest eine faire Chance, Wilfried. Nun treibst du mich der Konkurrenz in die Arme.«

»Ein Risiko, das überschaubar bleibt.«

Er schnipste dem Chef-Detektiv gegen das Revers. »Der Tag wird kommen, an dem du weinend in deine Tischplatte beißt.«

»Sicher, Wolfgang.«

Schröder ging.

****

Zwei Beruhigungspillen und ein Brandy. Mit diesem Mageninhalt hatte sich Juliane zurückgezogen. Und das ging nun schon seit Wochen so. Kein Wunder, daß sie alles trank, was leicht entflammbar war.

Chris beschloß, sich etwas zu ergehen. Es dauerte keine fünf Minuten, da hatte sie die Stelle gefunden. Ein Gebüsch hinter dem Springbrunnen. Genau von hier war das Foto gemacht worden. Fragte sich nur, von wem.

Es wirkte lächerlich, aber trotzdem ging sie in die Knie. Leider fand sich keine Kippe einer seltenen Zigarettenmarke. Auch kein verräterisches Schuhprofil Größe 58, links leicht abgetreten. Nur ein paar Gänseblümchen. Auch schön.

Wie sie so stand, den Finger an der Nase, und nachsann, fiel ihr das Gewächshaus auf. Sie schlenderte quer übers Gras und schob die Glastür auf. Feuchtwarm schlug es ihr entgegen. Aus einem Kofferradio nölte Roland Kaiser.

»Zumachen!« bellte jemand.

»Hi«, sagte Chris und schlüpfte hinein. »Schön muckelig haben Sie es hier.«

»Oh!« Opa spinste verdutzt über die Brille. Unter einer kecken Schirmmütze in Schottenkaro lugten weiße Haarsträhnen hervor. »Woll ... wollen Sie etwa zu mir?«

»Bißchen quatschen.« Chris gab ihm die Hand. »Ich bin Chris Ullmann.«

»Julianes Sekretärin? Armes Ding.«

»Juliane?«

»Sie.« Er klopfte seine Taschen ab. »Muß ja furchtbar sein, mit der Nebelkrähe in einem Haus zu wohnen. Wo ist denn die Schere schon wieder?«

»Rauchen Sie eine mit?«

Der Alte guckte konspirativ durch die Scheiben. »Aber nur eine. Juliane sieht das nicht gern. Sie glaubt, das wäre schädlich für Pleonandrae.«

»Für bitte was?«

»Eine Familie der Orchideen.«

»Aha.« Chris porkelte den Halfzware aus der Jeans und drehte sich im Kreis. Das Glashaus war mit Exotik nur so vollgestopft. Manche Pflanzen ragten bis zur Decke. Dazwischen allerhand Kübel und Töpfe. Orchideen in allen Farben. Einige wuchsen aus modrigen Baumstümpfen, andere ließen es sein. Ein süßlicher Geruch lag über allem. »Die sind bestimmt wertvoll, was?«

Der Alte wiegte den Kopf. »Worüber denn quatschen?«

»Ach nur so«, sagte Chris. »Ich hab im Augenblick nichts zu tun. Und im Haus ist es so langweilig.«

»Langweilig?« Opa kicherte wie ein Zwerg im Märchenfilm. »War doch noch nie so viel los hier.« Er nahm die Zigarette, roch daran. »Sehr liebenswürdig. Ach übrigens, Plischke, Theo Plischke.«

Die Musik ging zu den Wildecker Herzbuben über. Theo wippte im Takt, während Chris ihm Feuer gab.

»Ja. Merkwürdige Zustände.« Nur ja nicht den Faden verlieren. »Sagen Sie mal, wer ist eigentlich die Kleine mit dem Porsche?«

»Katja?« Der Rentner zog genießerisch, hielt den Rauch eine Weile und stieß ihn dann langsam aus. »Julianes Tochter ist das. Wartet angeblich auf einen Studienplatz.«

»Tochter?«

»Naja, Mündel.«

»Sie meinen, Frau Färber hat sie adoptiert?«

»Muß sie wohl, oder? Ist aber schon über zehn Jahre her. Kommt alle paar Tage mal rüber.«

»Sie wohnt nicht bei ihrer Mutter?«

»Sie hat wohl noch ein Zimmer hier. Ist aber die meiste Zeit bei ihrem Freund, drüben in Kettwig.«

Chris steckte ihre Zigarette an. »Die beiden scheinen sich nicht sehr zu mögen.«

Mehr als ein Achselzucken schien Theo das Thema nicht wert zu sein. »Eiskalte Schlange, diese Kleine. Aber woher soll die auch Gefühlswärme haben? Von Juliane?«

»Jaja, Frau Färber hat einen recht herben Liebreiz.«

Plischke spuckte auf den Boden. »Aussaugen tut sie uns. Sehen Sie mich an. Im Sommer muß ich den ganzen Garten besorgen. Wollen Sie wissen, wie alt ich bin? Schätzen Sie mal, junge Frau.«

»Tja ... äh. Sechzig?«

»Sechzig«, kicherte er los. »Sechzig. Sie sind vielleicht drollig. Einundsiebzig werd ich im Januar.«

»Frau Färber meinte, das hier wäre Ihr Hobby.«

Ganz kurz wurden seine Augen eng. Dann, die Zigarette im Mundwinkel, kam er bis auf Riechweite heran. »Unter uns, junge Frau. Drüben im Heim laufen Wetten.«

»Worüber?«

»Daß er sie kriegt.«

»Wer?«

»Dieser Kerl«, sagte er. »Dieser Kerl, der sie fertigmacht. Und verlassen Sie sich drauf. Da drüben gibt es keinen, der ihm nicht die Daumen drückt.«

****

Ich habe mir das überlegt. Das mit der Kleinen, der Neuen. Was sie hier zu suchen hat.

Man bedenke: Juliane holt sich jemanden ins Haus. Gegen ihre Gewohnheit. Warum? Weil sie Angst hat natürlich. Warum sonst? Sie hat Angst und will nicht allein sein. Wem soll sie sich anvertrauen? Da gibt es niemanden mehr. Also geht sie zu... zu einem Sicherheitsdienst oder Detektivbüro und kauft sich jemanden. Eine Frau. Weil ein Mann sofort Gerede auslösen würde. Damit das Alleinsein aufhört? Nein, nein. Nicht nur deswegen.

Die Kleine soll rauskriegen, wer hinter ihr her ist! Dazu ist sie da!

Ich muß mir was überlegen. Bevor sie zuviel erfährt. Am besten, sie verschwindet.

****

»Wie geht's uns denn heute? Gut? Na wunderbar. Ist doch die Hauptsache.« Im Vorbeigehen tätschelte charming Bert eine faltige Wange und verschwand hinter einer Tür.

Chris wechselte das Fenster.

»... ist die Liste für nächste Woche. Wenn du sie dir mal ansehen... Bert! Bist du verrückt?«

Das war allemal einen Blick wert.

Ein Büro. Schreibtisch, Aktenschränke, Sitzgruppe. Und Bert mit Margot. Margot Olschewsky, fünfundvierzig Jahre alt, Oberschwester, Kutscheras rechte Hand. Und ließ sich von Bert befummeln.

Schade, daß sie Schröder die Minox überlassen hatte.

Es klopfte laut. Margot schrak zusammen, strich den Rock über die Knie und beugte sich sofort sittsam über einen Stapel Papiere.

Die Tür wurde spaltbreit geöffnet. »Entschuldigen Sie bitte vielmals.«

»Ich bitte Sie.« Kutschera fuhr sich mit der Hand durchs Haar. »Kann ich etwas für Sie tun, Herr Weber?«

»Es ist nur . . .« Ein Rentner erschien nun im Türrahmen, wagte aber offensichtlich nicht, ins Büro zu kommen. »Es ist nur wegen meinem Zimmer.«

»Was ist denn damit?«

»Die nasse Wand.«

»Richtig.« Breites Froschlächeln. »Ich hatte leider noch keine Zeit, mich darum zu kümmern.«

»Weil es doch wieder drei Wochen her ist.«

»Sobald etwas Zeit ist.«

»Wird das lange dauern? Ich meine . . .«

Mit einem Ruck hob Margot den Kopf. »Sobald Zeit ist. Sie haben doch gehört, oder?«

»Ja, natürlich.«

»Na also.«

Chris machte kehrt und stoppte.

An der Mauer, direkt neben dem Tor, stand jemand und sah herüber. Toll! Jetzt hatte sie sich beim Lauschen erwischen lassen. In ner halben Stunde würde es überall rum sein.

Ein Lied auf den Lippen, ging sie ihm entgegen. Dem blauen Kittel nach schien er ein Pfleger zu sein. Der kurz rasierte Schädel rief allerdings gewisse Assoziationen wach. An brennende Mollis, die in Asylantenheime fliegen.

»Na?« sagte sie. »Langeweile? Nichts zu pflegen?«

Er murmelte was und drückte sich seitlich weg.

Vor dem Haus wartete Juliane. Offensichtlich nervös. Oder verärgert. Anscheinend beides. »Wo waren Sie denn?«

»Arbeiten«, sagte Chris. »Brauchen Sie mich?«

»Wir fahren in die Stadt.«

Chris fing den Schlüssel auf, stieg ein und entriegelte die Beifahrertür. Bei Gott! War das ein Auto. Hundertachtzig PS scharrten mit den Hufen. »Da lungerte so ein Typ herum. Oben ziemlich kahlgeschoren.«

»Das ist Dirk. Ein Pfleger.« Juliane schnallte sich an. »Sie waren im Heim?«

»Jau.« Mit vornehmem Knacken sprang der Kies unter den Breitreifen weg.

»Was halten Sie von Margot Olschewsky?«

»Ich würde ihr zutrauen, daß sie mit Stecknadeln auf Wachsfiguren einsticht.« Chris lenkte den Schlitten über den Iländerweg. »Warum fragen Sie?«

»Ach, nur so.«

»Frau Färber? Wer beerbt Sie eigentlich?«

Julianes Kopf fuhr herum. »Entschuldigen Sie mal. Das geht Sie nun gewiß nichts an.«

»Ich dachte, ich sollte Ihnen helfen.« Servolenkung. So was sollte es in jedem Auto geben.

Bis zum Heidhauser Rathaus kam keine Antwort. Dann eben nicht. Chris hatte Zeit. Jede Minute brachte ihr rund siebzig Pfennig. Hatte sie ausgerechnet.

»Sie... Sie haben sich zu absolutem Stillschweigen verpflichtet«, fing Juliane an.

»Solange ich keine strafbare Handlung decken muß, ja.«

»Also...« Schien nicht so einfach zu sein. »Mein Privatbesitz geht selbstverständlich an Katja.«

»Ihre Adoptivtochter.«

»Oh, Sie haben sich bereits informiert.«

»Sie hätten mir das ruhig sagen können.« Chris sah zur Seite. Die Färber wirkte tatsächlich nervös. »Und das Heim? Das ist doch eine GmbH, oder?«

Juliane nickte. »Dreißig Prozent hält Herr Kutschera. Und die Option auf den Rest, falls die Firma verkauft werden sollte.«

»Ich nehme an, er würde gern Chef von allem sein.«

Zu ihrem Erstaunen wurde wieder genickt. »Natürlich würde er das gern. Aber ich denke nicht daran, zu verkaufen.«

Der Wagen glitt fast geräuschlos dahin. Ein entgegenkommender Manta-Fahrer lief neidgrün an. Chris hob lässig eine Hand und beschloß, ein bißchen zu pokern. »Es gab deswegen eine Auseinandersetzung mit ihm?«

Julianes Mimik ging in den Bereich grenzenlosen Erstaunens über. »Woher... wissen Sie das?«

»Ist mein Beruf«, sagte Chris großartig. »Wann war das?«

»Vor drei, nein, vier Wochen.«

Also ungefähr zu der Zeit, als die Anrufe angefangen hatten. Junge, war das simpel. Charming Bert war's also.

»Würden Sie Herrn Kutschera diese... naja, all das zutrauen?«

Diesmal bekam sie keine Antwort.

****

»Ist doch schön hier«, sagte Benno und kratzte sich mit dem Pfeifenstiel am Nacken.

War es auch. Hannes hatte den Dachboden erst vorigen Sommer ausgebaut. Klinker an den Giebelseiten, die Dachflächen mit Fichte verschalt, neues Fenster. »Für später, wenn die Kinder mal groß sind.«

Mit einem Armvoll Decken kam Petra die schmale Treppe herauf und wuchtete sie auf die Matratze. »Frieren wirst du jedenfalls nicht.«

Schröder hatte die Hände in den Hosentaschen vergraben.

»Und was zu lesen. Falls du mal nicht pennen kannst.« Sie warf ein Buch auf die Decken. »Hab ich gerade aus.«

Schröder legte den Kopf schräg. *Alles über TP. Das Buch*

zum Film über die Bücher zur Serie. Hatte er bisher immer nur durchs Fernglas gesehen. Beim Nachbarn gegenüber. Er schluckte. »Mach ich euch wieder gut.«

Benno schnaufte Verdrießluft aus. »Nun heul mir ja nicht den Kragen naß.«

»Wenn ihr wollt, können wir essen. Du nimmst doch auch'n Löffel, was Dicker?« Petra patschte Benno auf den Bauch.

Nacheinander stiegen sie hinunter.

»Laß die Luke ruhig auf«, sagte Hannes. »Dann haste es nachher schön warm.«

Und die Blagen im Bett, dachte Wolli. Franziska und Sven, drei und fünf Jahre alt, hatten ihn heute nachmittag schon zehnmal als *Fury* um den Hof gejagt. Schließlich hatte er sich mit dem Versprechen einer Gutenachtgeschichte freikaufen können.

»Wird gebetet, oder fangen wir gleich an?« Polternd zog Benno einen Stuhl zum Tisch.

»Hast du schon was in Aussicht?« fragte Petra und lud Schröder drei Kellen Erbsensuppe mit Pfötchen in den Teller.

»Laß ihn.« Hannes hielt den Kamm unters Wasser und striegelte sich beidhändig die Fettmähne nach hinten. Dann bückte er sich zum Spiegel, drückte seine Tolle in Form und setzte sich.

»Warum? Kann man doch drüber reden.« Wolli baggerte im Eintopf. »Will morgen früh mal zu *Aude Merkur.*«

»Pfff«, machte Benno und gluckerte.

»Ich fall euch bestimmt nicht lange zur Last.«

»Mensch, Wolli.« Petra plitschte sich Maggi in die Suppe. »Mach jetzt nicht auf armes kleines Bimbo. Bleib solange, wie du willst. Hier ist Platz satt.«

Hannes streifte ihn mit eiskalten Augen. Nur wer ihn kannte, wußte es als aufmunternd zu deuten. »Eben.«

»Nu, hau rein«, grunzte der Dicke und schabte seinen Teller leer. »Noch'n Happenpappen da?«

Schröder aß zwei Löffel voll. Dann war sein Hals wieder zu. Als sie die letzten Möbel auf dem Wagen hatten, war er noch mal durch die Wohnung gegangen und... Scheiße!

»Wo sind die Kinder?« fragte Hannes, um was zu sagen.

»Bei Oma Lene. Sie macht ihnen Reibekuchen.«

»Du weißt, daß ich die Familie komplett am Tisch...«

»Iß«, sagte Benno.

Es reichte nicht mal für einen Streit.

»Scheiße«, sagte Wolli. »Ich könnt so in die Suppe heulen.«

****

Das Telefon klingelte, als Chris im Badeanzug die Treppe herunterkam.

»Bei Färber.«

Paar Sekunden Schweigen. »Juliane?« Die Stimme war verstellt. Mann oder Frau? »Bist du es, Juliane?«

»Ja«, sagte Chris.

»Bist du allein?«

»Natürlich«, flüsterte sie. »Übrigens, ich liege auf meinem französischen Bett. Nur mit einem Tanga bekleidet. Und einem Büstenhalter aus durchbrochener Spitze. Macht dich das an? Ja? Gut. Den Rest schaffst du wohl selbst.« Und knallte den Hörer auf. »Wichser!«

Im nächsten Moment bereute sie es auch schon. Da hing der Kerl in der Leitung, und sie hatte nichts Besseres zu tun, als ihn schleunigst loszuwerden. Sehr professionell. Wirklich. Naja, er würde nicht das letzte Mal angerufen haben.

Die Lust aufs Schwimmen war ihr eigentlich vergangen. Andererseits konnte ein bißchen Training nicht schaden. Also ging sie runter in den Keller. Barfuß. Konnte man hier machen, wegen der Fußbodenheizung.

Im Fitneßraum lagen zwei futuristische Geräte auf dem Boden. Waren heute angekommen, um Julianes Speckfalten...

»Viel zu teuer.«

Chris blieb stehen. Vom Swimmingpool nebenan drang das Knallen eines Sektkorkens herüber. Julianes Sportstunde.

»Wenn da mal einer kontrollieren kommt.« Bert Kutschera. Kein Zweifel. Trotz der lauten Walzermusik erkannte sie seine Stimme auf Anhieb.

»Bisher ist auch keiner gekommen. Für ein paar Jahre wird das alte Badezimmer wohl noch reichen.«

»Wie du meinst.«

Gläser klangen aneinander.

»Übrigens. Diese Kleine, die Ullmann ...«

»Was ist mit ihr?«

»Das frage ich dich.«

»Sie erledigt meine Korrespondenz.«

»Dann sag ihr, sie soll sich vom Heim fernhalten.«

»Herrgott, warum regst du dich so auf?«

»Was würdest du denn sagen, wenn man dich durchs Fenster belauscht?«

»Gut. Ich rede mit ihr.«

»Es liegt schließlich auch in deinem Interesse.«

»Du spinnst ja.«

Schritte! Chris hetzte wieselflink die Treppe hinauf und verschwand im Wohnzimmer. Draußen fiel die Haustür ins Schloß. Sie lief hinaus und spinste durchs Dielenfenster. Im Dämmerlicht sah sie Bert über den Rasen gehen.

Sie duzten sich also heimlich. Und wieso sollte es in Julianes Interesse liegen ...? Eine Menge Gedanken drängelten sich in ihrem Kopf.

Sie verschob das Schwimmen, stieg hinauf in ihre Suite und zog den Morgenmantel über.

»Der Anrufer war also nicht Bert.« Gedankenverloren drehte sie sich eine Zigarette. Machte das ein anderer in seinem Auftrag? Was hieß überhaupt *ein* ander*er*. Der Stimme nach konnte es Mann wie Frau sein.

Und dann Bert. Warum zog er sie nicht selbst zur Rechenschaft? Wäre doch normal gewesen. Nein, er ging zu Juliane. Lief da drüben eine faule Sache? Von der Juliane wußte?

»Tja.« Sie stützte sich aufs Fensterbrett. »Vielleicht phantasiere ich mir das nur zusammen.« Wenn man an einem Fall hing, kam einem automatisch alles merkwürdig vor.

»Und wenn was dran ist?« Sie überlegte kurz, nahm das Telefon und drückte eine Nummer. »Ja, Chris. Grüß dich, Benno. Der Chef ist nicht zufällig bei dir?«

»Doooch«, sagte Benno. »Du willst ihn hoffentlich nicht sprechen.«

»Wieso nicht?«

»Weil er kaum noch dazu fähig ist.«

Chris strich sich über die Augen. »Er hat also wieder die Kanne am Hals.«

»Es war so: Hannes hatte noch diesen feinen Schnaps. Vom letzten Urlaub im Allgäu. Und was unser Wolli iss ...«

»Gib ihn mir mal.«

Es rauschte. Dann schien im Hintergrund Bennos Bücherwand in eine gedeckte Kaffeetafel zu fallen. Erneutes Rauschen.

»Chrissiane«, kam es fröhlich. »Ich bin grad Obstlerkönig geworden.«

****

»Welche Qualifikationen besitzen Sie denn?«

»Welche verlangen Sie?«

Kutschera lehnte sich zurück. »Einfühlungsvermögen, Hilfsbereitschaft, menschliche Wärme.« Er überlegte. »Fleiß«, fiel ihm noch ein.

»Sie beschreiben mich! Wissen Sie das?«

Die Olschewsky umkreiste ihn wie der Hai den Nichtschwimmer. Ihre Blicke waren durch den Mantel zu spüren. Und dieses Klickern im Mund. »Warum suchen Sie ausgerechnet eine Stelle als Hilfspfleger?«

»Hinter mir liegt ein Dutzend Bewerbungsgespräche. Vom Verkaufsfahrer bis zum Prospektverteiler. Zuletzt war ich Eismann. Ist aber keine Saison.« Er zog eine Zigarette aus der Schachtel. »Bleibt nicht viel Auswahl.«

»Rauchen ist im Büro nicht gestattet.«

»Sorry.« Er steckte die Schachtel zurück. Obwohl es eine lederne Besucherecke gab, ließen die zwei ihn stehen.

»Tss.« Kutschera blätterte seine Papiere durch. »Bis zu Ihrem Abitur 69 ist alles komplett. Aber dann? Was haben Sie denn die ganze Zeit danach gemacht?«

Er hob die Schultern und ließ sie fallen, als hätte das Schicksal selbst Hand angelegt. »Gejobbt, bißchen studiert.«

»Studiert?« Die Olschewsky.

»Maschinenbau und Romanistik.«

»Tja.« Kutschera warf die Blätter auf den Tisch. »Ist gut. Warum nicht.«

»Steuerkarte müßte ich allerdings nachreichen.«

Feines Lächeln. »Ich dachte, Sie wollten Geld verdienen.«

****

Seit einer halben Stunde stand der Wagen jetzt vor dem Heim. Die Augen brannten ihr schon vom angestrengten Hinsehen.

Das Telefon schrillte.

Chris schreckte zusammen und ließ die Gardine zur Seite schwingen. »Bei Färber.«

Heftiges Atmen. Als wenn sich einer ... Dann ein heiseres Räuspern. »Diane?«

»Heh?«

»Vor mir habe ich eine Schachtel mit Schokoladenfiguren.«

»Heh?«

»Mann«, sagte Schröder. »Das ist ne Losung. Du mußt jetzt sagen: ›Ich mag's am liebsten yoghurtleicht.‹ Damit ich weiß, daß du mein Verbindungsmann bist.«

»Wolli!« Christiane schlug sich auf den Mund. »Wolli«, flüsterte sie. »Hast du den Job?«

»Schätzchen. Wenn Schröder sagt, er macht dir den Maulwurf, dann macht er ihn.«

»Und die haben keinen Verdacht...?«

»Das will ich jetzt nicht gehört haben. Wann und wo treffen wir uns?«

Auf der Treppe wurden Schritte laut.

»Ja... äh.« Chris sah über die Schulter. »Da ist so ein Gewächshaus. Heute abend? Gegen acht?«

»Kenn ich. Neben dem Great Northern.«

»Mmh???«

»Christiane?« kam es von hinten.

Sie legte auf, als hätte sich der Hörer geringelt. »Gnä' Frau?«

»Wer war denn das?«

»Das FBI.« Chris lächelte schnell. »Kleiner Spaß.«

»Ich dachte schon, es wäre...« Sie ließ den Satz stehen. »Ach, Christiane?«

»Ja?«

Juliane sah an ihr vorbei. »Beschränken Sie Ihre Aktivitäten bitte aufs Haus, ja?«

»Warum?«

»Ich möchte nicht, daß der Ablauf im Heim gestört wird.«

Chris machte die Augen groß. »Wollen Sie, daß ich den Kerl schnappe oder nicht?«

Julianes Hand spielte mit der Gardine.

»Wenn Sie das wollen, muß ich mich frei bewegen können.«

Juliane deutete nach draußen. »Bis zur Mauer.«

»Frau Färber.«

»Christiane! Ich habe Sie angestellt, um auf mich achtzugeben. Und nicht, damit Sie Detektiv spielen!«

Chris wollte was sagen, ließ es dann. »So sei es.« Wo sie recht hatte, hatte sie recht.

Draußen röhrte es luftgekühlt. Was Rotes huschte am Fenster vorbei. Ohne ein Wort drehte Juliane ab und verschwand im Wohnzimmer. Chris ging nach draußen.

Unser Katja drückte mit der Hüfte die Porschetür zu. »Na, immer noch da?«

»Es gibt viel zu tun«, sagte Chris.

»Wirklich?« Die Kleine blieb neben ihr stehen. »Wofür hat Juliane Sie eigentlich eingestellt?«

Chris antwortete nicht.

»Früher oder später wird sie Sie fallenlassen«, sagte Katja. »Wie jedes ihrer Spielzeuge. Sobald Sie die Lust daran verloren hat.«

»Hat Ihre Mutter...«

»Mutter?«

»Hat Frau Färber Ihnen nichts von den Drohungen erzählt?«

»Hat sie.« Die Kleine schloß die Haustür auf. »Juliane macht sich gern interessant. Sie sollte lieber nicht so viel trinken. Am Ende glaubt sie das alles noch selbst.« Rums! Und zu war die Tür.

Chris verfiel in federnden Laufschritt Richtung Terrasse und warf sich agentenmäßig auf die Hollywoodschaukel. Zehn Meter entfernt trat Katja ins Wohnzimmer.

»Hallo.«

Die Färber sah flüchtig von ihrer Zeitschrift auf. »Hallo.«

»Keine Post für mich?«

»Ich weiß nicht.«

»Mensch, wann antworten die denn endlich?«

»Wer?«

»Na, die ZVS. Ich will endlich wissen, wo ich einen Studienplatz kriege. Wenn überhaupt.«

Umblättern.

Einen Moment schien es, als wollte Katja was sagen. Dann fläzte sie sich ihr gegenüber in den Sessel, ein Bein über der Lehne. Ihr Rock rutschte über den Schenkel.

Juliane schenkte ihr einen kurzen Blick. »Benimm dich bitte nicht so vulgär.«

»Warum?« Die Kleine fischte sich eine Handvoll Chips aus einer Schale. »Du beachtest mich doch sowieso nicht.« Katja spreizte das Bein weiter ab.

Mit einem Satz war Juliane aus dem Sessel. »Kannst du nicht etwas Rücksicht auf mich nehmen? Oder bist du nur gekommen, um mich zu provozieren?«

Das Mädchen kaute krachend. »Ich hatte plötzlich Lust, dich zu sehen.« Und lachte. Lachte laut. Aber eigentlich war es gar kein Lachen.

****

Das Zimmer war drei mal drei Meter, sah aber nicht danach aus. Vom dreckverschmierten Dachfenster aus konnte man über beide Grundstücke sehen.

»Twin Parks.« Wolli sprang vom Bett und schüttete seinen Koffer aus. Das Bier kam in den Nachtschrank. Der Rest blieb erst mal liegen.

Draußen auf dem Gang knarzte eine Diele.

Wolli huschte zur Tür und zog sie blitzschnell auf.

Der Typ fiel mit dem Ohr voran ins Zimmer.

»Gelauscht? Na, na, na«, sagte Schröder und half ihm beim Hinstellen.

»Quatsch. Wollte gerade anklopfen.« Gut schaute er aus. Bis auf das Gesicht vielleicht. »Bist wohl der Neue.«

»Wolfgang«, sagte Wolfgang. »Und du?«

»Dirk«, sagte Dirk. »Wir sind so was wie Kollegen.« Wie er das sagte, schien es ihm aber gar nicht zu gefallen. »Na dann.« Er drehte sich um und verschwand auf der Treppe.

»Hübscher Bengel.«

Wolli zog die Tür zu und schlenderte ins Treppenhaus. Staubflocken umspielten seine Beine. Es roch... Wolli schnüffelte. Irgendwie roch es hier merkwürdig.

Die Gänge zu den Schlafzimmern waren leer. Kein Laut war zu hören.

»Ein geselliges Haus.« Er stieg die Treppe hinunter. Das Anfassen des Geländers vermied er. Und Schröder war verdammt kein Pingel.

Wie oben, so gingen auch im Erdgeschoß beiderseits Flure ab. Rechts zu den Gemeinschaftsräumen, der Küche und dem Büro. Links zur Krankenstation und den restlichen Zimmern. Hatte ihm bereits die Olschewsky – »Für Sie Oberschwester Margot« – flüchtig gezeigt.

Was sie ihm nicht gezeigt hatte, war eine Art Pförtnerloge. Ein schmuddeliger Kasten am Haupteingang. Der einzige staubfreie Gegenstand darin war ein Telefonhörer. Wolli hob ab. Eine Amtsleitung dröhnte ihm ins Ohr.

Bevor jemand kam und dumm fragte, stiefelte er in den »Versorgungstrakt«, wie Bert Kutschera sich ausgedrückt hatte. Am Ende des Flurs fand sich eine Glasscheibe, die mit Zetteln vollgeklebt war. Dahinter lag ein Raum, in dem eine ältere Frau Pillen in kleine Becher verteilte. Die erste Person, die einen halbwegs vernünftigen Eindruck machte.

»Willkommen«, sagte sie. »Ich bin Karin.« Sie reichte ihm einen blaßblauen Kittel.

»Muß ich das anziehen?«

Karin lächelte und half ihm, die Knöpfe auf dem Rücken zu schließen.

»Dr. Schröder-Rosenfield, Anästhesie.« Er sah an sich herunter. »Der Gasmann des Grauens. Wo liegt der Patient?«

»Als erstes bringst du mal den Müll raus.«

»Ich denke, ich bin Pfleger.«

»Hier muß jeder alles machen«, sagte Karin. »Bei dem wenigen Personal.«

Schröder rang mit einem Lächeln, bekam es aber nicht zu fassen. Ergeben folgte er ihr über den Gang zur Küche. Wenn das Schild an der Tür nicht gewesen wäre, hätte er es nicht geglaubt. Der Herd war braun verkrustet. Festgetretene Gemüsereste verschmierten den Steinboden. Im Spülstein meterhoch dreckiges Geschirr.

»Bah!« Wolli linste in einen der Töpfe, in denen ein grauer Pamp Blasen warf. »Kriegen das alle? Oder mixen wir ab nem bestimmten Lebensjahr Whiskas-Senior bei?«

»Das ist Wirsingeintopf«, sagte Karin. »Glaub ich jedenfalls.«

Aus drei Blechtonnen quoll der Müll. Schröder machte gute Miene zum bösen Spiel, schnappte sich eine und schleppte sie nach draußen. Ganz sicher. Das machte ihm die Ullmann wieder gut. Murrend kippte er den flappenden Dreck in den Container.

»Wolfgang?« Lovely Margot fing ihn im Flur ab. »Kommen Sie mal mit.« Ohne auf ihn zu warten, ging sie voran.

Schröder wischte sich die Hände ab und folgte ihr den Gang hinunter.

»Schon mal eine Spritze gesetzt?«

»Eh, eh.« Allein vom Wort wurde ihm schlecht.

»Dann lernen Sie es jetzt.«

Das Zweibettzimmer ging nach hinten raus. In einem der Betten lag eine unglaublich dünne, alte Frau und starrte an die Decke.

»Kann ich mir mal die Hände waschen?«

»Aufpassen.« Margot knisterte das Plastik von der Nadel und setzte sie auf eine Spritze. »Alle Bettlägrigen bekommen Karil. Gegen Osteoporose.«

»Oster ..., klar.«

»Sehen Sie, hier stoßen Sie durch.« Sie drückte die Nadel in eine Ampulle. »Exakt ein Milliliter. Intramuskulär.«

»Intra ..., ah ja.« Speichelbildung setzte ein.

»Das hier ist Alkohol.« Kurzes Verziehen der Lippen. »Kennen Sie ja wohl.«

Kannte er.

Sie tupfte ein Vlies auf die Öffnung, kippte die Flasche und drückte ihm das nasse Läppchen in die Hand.

»Was jetzt?«

»Abreiben.« Sie schlug die Bettdecke zurück, kippte die Oma wie einen Sack auf die Seite und zog ihr das Nachthemd hoch.

»Hhmpff.« Oma versuchte sich abzustützen. Die knotige Hand rutschte ihr weg.

»Liegenbleiben.« Und zu Schröder: »Ja, nun zieren Sie sich mal nicht so.«

Schröder tupfte vorsichtig.

»Abreiben!«

Schröder rieb vorsichtig.

»Und ab in den Hintern.« Sie reichte ihm die Spritze.

»Ich... ich hab das noch nie...« Schröders Frühstück wollte raus. Aber sofort! Drei Brötchen mit Schmierkäse stemmten sich gegen die Magenwände.

»Also. Einmal zeige ich es Ihnen.« Miss Eiskalt nahm das ekelhafte Ding, setzte es an und stieß die Nadel ins Fleisch. Die alte Frau zischte. »Na. Nicht so zimperlich.« Zügig drückte sie den Kolben durch. »Gesehen?«

Schröder nickte schwach.

Gut. Er hatte seinen Beruf oft verflucht. Das Rumhocken in Autos, das Fotografieren und Nachschleichen. Aber da hatte er das hier auch noch nicht gekannt.

Die nächsten Stunden half er Karin beim Bettenmachen und Aufräumen. Wobei so manches Nachttöpfchen rauszutragen war. Bis zum Mittagessen wollte ihm keine frische Gesichtsfarbe gelingen.

»Ullmann«, hauchte er, als er gegen zwölf in den Speisesaal wankte. Der Geruch tat sein übriges.

Was laufen konnte, holte sich den Teller an der Ausgabe ab. Den anderen wurde er an den Tisch gebracht. Schröder wunderte sich, daß man sie nicht einfach verhungern ließ. Nach dem Motto: Kein Ärmchen, kein Eis.

»Hat das einen Namen?« Ein Opa setzte die Brille auf und tauchte einen Finger in den Matsch.

»Aber sicher. Brokkoligratin mit fein geräucherten Speckstreifen. Dazu zarter Lammrücken in Roquefortsoße. Und als Dessert: Birne Helene«, sagte Schröder. »Heute mal durcheinandergekocht.«

Er akklimatisierte sich bereits.

Nachmittags durfte er die Küche schrubben. Und danach einen sabbernden Greis abwaschen, der ihm in glühenden Farben seinen Fronteinsatz 14/18 schilderte. »Jeder Schuß ein Russ'. Jeder Stoß ein Franzos'.«

Als sich der Abend näherte, hatte das Wort Arbeit einen neuen Sinn bekommen.

Abendessen gab es um sechs. Schröder ließ auch das ausfallen. Danach verzogen sich die meisten in den Fernsehraum. RTL gucken.

»Wegen *Tutti Frutti«,* hämte ein Opa am leergeräumten Tisch. Er trug eine karierte Mütze. »Die haben immer noch nicht gemerkt, daß das nur freitags kommt.«

»Elf Uhr«, nickte ein zweiter und steckte sich einen qualmenden Stumpen an. »Ich schlaf dann nachmittags immer ein Stündchen vor.«

»Was ist, Jungs?« Schröder knallte zwei Six-packs auf den Tisch. »Könnt ihr'n Skatblatt halten?«

»Skat?« fragte der erste.

»Ist das richtiges Bier?« wollte der zweite wissen.

»Gibt aber keine Gläser.« Wolli knackte drei Dosen auf. »Prost, meine Herren.« Erst jetzt merkte er, daß er den ganzen Tag kein Pils gehabt hatte. Scheißjob. Er trank es halb weg und – »börps« – machte ein Bäuerchen.

Die Alten saßen immer noch reglos da.

»Ja, nu.«

Sie guckten sich an, dann lachte der mit der Mütze. »Dann man los. Was, Alfons?«

Bierdosen klackten aneinander. Wolli zog sich einen Stuhl ran und verteilte die Karten. »Ich heiß Wolfgang. Jemand ne Zigarette?«

»Theo«, sagte der Mützenträger und nahm eine. »Und das ist Alfons.«

Das war einen Schluck wert.

»Ich höre?«

»Achtzehn?«

»Jau.«

»Zwanzig?«

»Aber immer.«

»Was geht hier vor?«

Wolli drehte den Kopf. Margot. Nüsternbebend. »Wir spielen Skat.«

»Und das da?« Ihr Finger hackte durch die Luft.

»Wie unhöflich von mir.« Wolli hob ihr einladend die Dose entgegen. »Ich war allerdings schon dran.«

Von den Opas kam kein Ton.

»Seit wann wird hier Alkohol getrunken?«

Wolli stand auf. »Ist das verboten?«

»Ich dulde in diesem Haus keinen Alkohol.« Sie hielt seinem Blick tatsächlich stand.

»Das ist nichts zum Einreiben«, sagte Wolli. »Das ist Bier. Es enthält eine Fülle von Mineralstoffen sowie das lebensnotwendige Vitamin $B_{7,5}$. Zwei Gläschen am Tag regen den Stoffwechsel an, fördern die Verdauung und sorgen für einen gesunden, ruhigen Schlaf.«

Margots Gesicht blieb eine Gletscherwand.

»Und es schmeckt köstlich«, lächelte Wolli.

Die Kinnlade der Olschewsky vibrierte. Das Bonbon klickerte gegen die Zähne. Dann drehte sie sich um und rauschte ab.

»Eins zu null für dich, Wolfgang.«

»Saustall«, knurrte Schröder und ließ den Rest Pils einlaufen. »Wieso geben die euch kein Bier?«

»Ph«, machte Alfons und zündelte an seinem Stumpen rum. »Wir kriegen ja nicht mal volles Taschengeld.«

»Weil die Kosten angeblich so hoch sind«, sagte Theo und

trank schnell. Als fürchte er, daß Margot gleich zurückkommen könnte. »Aber malochen dürfen wir.«

»Na ja, du«, schwächte Alfons ab. »Weil du ...«

»Interessiert doch nicht«, bellte Theo und zog die Glut seiner Fluppe bis zum Filter. »Jedenfalls muß ich morgen der Färber ihren Fitneßraum renovieren.«

»Und das laßt ihr euch so einfach gefallen?«

»Was sollen wir denn machen?«

»Na, die Schnauze aufreißen. Gibt genügend Zeitungen, die heiß auf so was sind.«

»Ph«, machte Alfons wieder. »Das sind nicht die richtigen Methoden. Nicht für alte Männer.«

Schröder sah sie nacheinander an. »Welche wären denn die richtigen?«

Schweigen.

Theo drückte den Stummel in den Aschenbecher und hustete. »Laßt uns endlich spielen.«

****

Farnwedel standen schwarz gegen den Abendhimmel. Schatten überall, bizarre Umrisse. Irgendwo tröpfelte es.

Chris hätte gern eine geraucht, traute sich aber nicht.

Draußen knackte es. Schröder!

Sie stieg vorsichtig über einen Blumenkasten, huschte zur Schiebetür. Ein Schatten strich über die Glaswand. Na, endlich. Wurde auch Zeit, daß er kam und ... Der Schatten verharrte wie angewachsen.

Chris blieb stehen. Ein eiskalter Fingernagel strich ihr über die Wirbelsäule. Der Schatten regte sich immer noch nicht. Lag wie ein dunkles Tuch auf dem Glas. Regungslos. Er! Blitzschnell ging Chris in die Hocke, duckte sich. Aus ihren Achseln müffelte es feucht. Dicht über ihr schob sich der Flecken über die Wand. Langsam, ganz langsam. Und verschwand.

»Chhh...« Chris ließ die Zunge raushängen. Sie atmete zweimal durch und war an der Tür. Bert! Kein Zweifel. Es war Bert. Er ging über den Rasen aufs Haus zu, blieb stehen und tauchte dann zwischen den Büschen unter.

Was machte der... Ein Kratzen an der Tür. Christianes Hand schlug dumpf auf der Herzgegend auf.

»Parole?«

»Gutt Freund«, keuchte sie.

Schröder schob die Tür hinter sich zu. »Bah, ist das'n Mief.« Er tapste durchs Dunkel. »Unser Bert scheint gerade ne Nachtübung zu machen.«

»Schleicht hier rum wie Kinski mit Eckzähnen.« Chris erlaubte sich ein kurzes Anklammern an seine Schultern. Man konnte förmlich hören, wie Schröder sich straffte. »So.« Sie klapste ihm den Trench. »Geht wieder.«

»Ooch.«

»Toll, daß du gekommen bist, Wolli.«

»Na hör mal, Chris.«

Sie strahlten sich an.

»Tja«, sagte Schröder. »Machen wir zwei also zum letzten Mal die gemischte Raubtiernummer, was?«

Chris zog die Nase hoch. »Und? Ist schlimm, der Job?«

»Ach was«, winkte er ab. »Aber Zustände herrschen da drüben... Eins steht fest: Der Typ, der Juliane so fertigmacht, kommt aus dem Heim.«

»Denk ich auch.« Sie hockte sich auf einen Torfsack.

Wolli steckte sich eine Zigarette an. »Jetzt mal der Reihe nach. Gestern abend konnte ich mich irgendwie... äh... nicht recht konzentrieren.«

Also erzählte sie alles, was vorgefallen war.

»Ne richtige Seegurke«, sagte Wolli. »Fährt ner Mutti nach, beschimpft sie am Telefon, jagt ihr Angst ein. Wie'n Halbwüchsiger, der sich die falschen Videos reinzieht.«

»Ziemlich infantil, stimmt schon.« Chris klaute sich eine Zigarette. »Oder senil. Liegt ja nicht weit auseinander.«

»Womit wir wieder im Heim wären. Motive gibt's da haufenweise. Ich frag mich nur, warum sich der Typ dann nicht eher die Olschewsky vornimmt.«

Chris ließ die Schultern zucken. »Wie war es bei Rennecke?«

»Er will es weiter ohne mich versuchen.«

»Selbst schuld. Ach, was das Geld angeht...«

»Ich nehm keins von dir.«

»Wolli. Juliane zahlt, ohne hinzusehen. Die hat mehr Knete als Gott.«

»Ich nehm keins von dir.«

»Dann will ich auch nicht, daß du mir hilfst.«

»Tu ich aber.«

»Vierzig Prozent.«

»Nicht eine Kopeke.« Er stand auf.

»Wenn du jetzt gehst...«

Er zog sie zu sich hinauf. Wie Scherenschnitte standen sie vor dem Mondlicht. »Ich muß! Glaube mir!« Seine Hand wies hinaus in die Nacht. »Da draußen lauert er. Und, bei Gott, ich werde ihn zur Strecke bringen!«

Ihr Kopf sank an seine Brust, und bittere Tränen netzten ihre Wangen. »Laß mich bei dir bleiben! Bitte!«

Sein Gesicht war traurig. »Nein«, sagte er. »Diesen Weg muß ich alleine gehen. Auf dieser Straße ist der Detektiv der Held. Er muß ein ganzer Mann sein und ein einfacher Mann und doch ein ungewöhnlicher.«

»Er muß der beste Mann seiner Welt sein und gut genug für jede andere«, flüsterte Chris mit bebenden Lippen.

Wolfgang nickte ernst. »Er steckt auf unehrenhafte Weise von keinem Menschen Geld ein und keine Beleidigung, ohne sich genau und leidenschaftslos zu rächen.«

»Unehrenhaft«, sagte Chris. »Das habe ich nie verstanden. Muß es nicht ehrenhaft heißen? Ob Chandler sich da verschrieben hat?«

»Das klären wir ein andermal.« Wolli spitzte die Lippen,

schob die Tür spaltbreit auf, sicherte nach allen Seiten und verschwand in der Dunkelheit.

Was für ein Kumpel!

Chris machte, daß sie ins Haus kam. Bevor die Färber sie wieder vermißte.

Juliane hatte inzwischen die Fluten geteilt und so und war denselbigen entstiegen. Sie trocknete sich sogar selbst ab. Die Frau machte Fortschritte.

»Ich hab mal ne Runde gemacht«, sagte Chris und trottete ihr nach ins Wohnzimmer. »Ist ne Menge los, abends im Park.«

Die Färber tat, als höre sie nicht. Dafür hatte sie wieder die Hand an der Flasche. »Sie trinken doch ein Gläschen mit?«

Christiane winkte ab. »Ich muß schließlich auf Sie aufpassen. Allerdings«, sie zog die Vorhänge zu, »komme ich mir ziemlich überflüssig vor.«

»Das sind Sie nicht.« Juliane trank zügig leer und füllte ebenso zügig nach. »Seit Sie hier sind, fühle ich mich viel sicherer.«

»Haben Sie denn wirklich niemanden in Verdacht?«

»Niemanden, der mich umbringen will.«

»Ich glaube nicht, daß er es ernst meint. Dazu hätte er reichlich Gelegenheit gehabt.«

»Er hat es aber gesagt!« Sie knallte das Glas auf den Tisch, daß es rötlich spritzte.

Oijoijoijoijoi!

»Ich werd dann mal.« Chris stand auf. »Haben Sie die Türen verschlossen?«

»Ja.« Ehe sie sich's versah, strich Juliane ihr mit dem Finger über die Wange. »Schlafen Sie gut, Christiane.«

Junge. Wechselbad der Gefühle hieß das in schlechten Romanen.

Frau Ullmann stiefelte in ihre Gemächer. Wurde langsam langweilig, diese Art von Abendgestaltung. Sie zerrte sich gerade die Jeans von den Beinen, als es unten klingelte. Neugierde gehörte zu ihrem Job. Auf einem Bein, die Röhren wieder hochziehend, hopste sie aus dem Zimmer. Durch das Geländer sah sie, wie die Färber aufschloß und öffnete.

Das war's dann aber auch.

Juliane spürte wohl ihren Blick und sah hoch. »Es ist niemand da.«

»Schließen Sie wieder ab.«

Unten rumste die Tür. Der Schlüssel wurde zweimal gedreht.

In Christianes Bauch meldete sich ein Gefühl. Mit viel gutem Willen hätte man es gerade noch als gemischt bezeichnen können. Wer, zum Teufel ...?

Es klingelte.

»Lassen Sie. Ich geh schon.« Sportlich nahm sie drei Stufen auf einmal, schloß auf und prallte zurück. Dunkelheit. Sonst nichts. Sie beugte sich vor, sah sich um. Kein Schwein weit und breit. »Ein Spaßvogel.«

Juliane krallte ihren Bademantel am Hals zusammen. Ihr Blick flatterte.

Chris drückte die Tür zu und drehte den Schlüssel zweimal um. Einmal vor. Einmal zurück. Die Stille verstärkte das Geräusch. Mit Sicherheit war es bis zum Tor zu hören.

»Ich habe Angst«, kam es von der Treppe.

»Keine Panik.« Chris schob die arme Frau ins erleuchtete Wohnzimmer. »Er will mit uns spielen.« Sie nahm sich eine Zigarette aus dem Kästchen, steckte sie an. Ihre Hand hatte plötzlich Lust zu zittern.

»Und wenn er ...?«

»Ach was. Diese Typen sind harmlos. Am Telefon machen sie den Hermann, aber in echt bringen die nichts.« Wie schön, wenn sie selbst hätte dran glauben können.

»Er scheint weg zu sein«, hauchte die Färber. »Bestimmt hat er gedacht, ich wäre allein.«

Chris behielt für sich, was sie glaubte. Sie drückte die angerauchte Zigarette aus. »Gehen wir schlafen.«

Sie ließ Juliane vorangehen und löschte das Licht hinter ihr.

Unter gemurmelten Gute-Nacht-Wünschen zog die Hausherrin sich zurück.

Chris knipste die Nachttischlampe an, zog die Vorhänge vor und schlüpfte in einen Pullover. Von nebenan drang ein schwaches »Schpock« herüber. Juliane entkorkte ihr Schlummerli.

Ohne Licht zu machen, tapste sie hinunter in die Diele und kauerte sich in den Schatten.

Stille machte sich breit. Hier war es nachts so still... Schröder hätte gesagt: »... daß man die Mäuse furzen hört.«

Nichts tat sich. Absolut nichts. Ob er wirklich weg war? Ein Blick durchs Dielenfenster ging voll ins Schwarze. Vielleicht konnte man vom Wohnzimmer aus was sehen. Chris tastete sich hinüber. Nichts.

Es klingelte.

Es klingelte Sturm.

Mit einem Satz war Christiane in der Diele. Die Hand auf dem Lichtschalter. Draußen flammte die Außenbeleuchtung auf. Das irrsinnige Klingeln dröhnte ihr in den Ohren. Die Tür flog nur so auf. Nachtluft knallte ihr entgegen.

Sie zog das Streichholz aus dem Klingelknopf. Ganz deutlich waren Laufschritte zu hören.

Hinter ihr polterte was.

»Bleiben Sie im Haus.« Sie knallte die Tür hinter sich zu und sprintete los. An der Terrasse sprang sie auf den Rasen. Geduckt lief sie bis zur Rückseite des Hauses. Natürlich war es Schwachsinn. Der Typ war längst weg. Durch die Büsche zum Iländerweg. Oder nach hinten in den Park?

Im Schatten der Hauswand richtete sie sich auf. Lauschte. Außer ihrem Blutdruck war nichts zu hören. Nur der Wind fuhr durch die Baumkronen. Irgendwo weiter weg bellte ein Hund. Daß es so was wirklich gab.

Gegen die Wand gedrückt, schlich sie weiter. Um den Giebel herum. Blieb stehen. Ein bißchen Mondlicht reflektierte schwach auf den Scheiben des Gewächshauses.

Und dann merkte sie es. Etwas war neben ihr. Ihr Puls beschleunigte wie Julianes Benz auf gerader Strecke. Ganz langsam drehte sie sich um die Achse.

»Ha!« Ihr Herz machte einen Sprung. Ein Stoß gegen die Schulter. Ihre Beine knickten weg. Sie riß noch die Arme hoch. Dann krachte es in ihrem Kopf.

»Frau Ullmann!« Jemand packte sie bei den Armen, zog sie hoch. »Ist Ihnen was passiert?«

Chris preßte die Hände gegen ihren Schädel.

»Was machen Sie denn hier draußen?« Kein Zweifel. Bert.

»Und Sie?«

»Warten Sie. Ich helfe Ihnen.«

Benommen tapste sie an seiner Seite nach vorn zur Haustür.

»Um Gottes willen, Christiane!« Mit wehendem Bademantel flog die Färber auf sie zu. »Ist Ihnen was passiert? Hat er Sie etwa ...?«

Chris befühlte ihren Hinterkopf. »Bin nur mit Ihrem Haus zusammengestoßen.« Zittern setzte ein. Als hätte man sie in eine Wanne Eiswasser gesetzt.

»Soll ich einen Arzt holen?« fragte Kutschera.

»Nee.« Sie stützte sich auf Julianes Arm. »Aber ein bißchen Feuerwasser wär jetzt nicht schlecht.«

****

»Und das ist meine Enkelin!« Stolz tippte die alte Dame im Rollstuhl auf ein Foto. »Nicole heißt sie. Sie wird im Februar siebzehn.«

»Also, die ist Ihnen aber auch wie aus dem Gesicht geschnitten.« Die zweite Oma hielt das Bild ins Licht.

»Finden Sie?«

Wolli rollte den Geschirrwagen an ihren Tisch. »Noch'n Täßchen Muckefuck, die Damen? Oder darf ich das abräumen?«

»Bitte sehr, junger Mann.« Oma zwei lächelte. »Sie sind neu, nicht wahr?«

»Ja, leider.«

»Das merkt man«, sagte sie.

Als Wolli weiterschob, hörte er hinter sich, wie die andere flüsterte: »Er heißt Wolfgang.« Es klang, als hätte sie »Robert Redford« gesagt.

»Noch immer hier? Heute ist Dienstag.«

Wolli warf einen Blick über die Schulter. Gertrud. Kam nur vormittags. Auch so eine, die er gefressen hatte.

Sie knallte den alten Frauen ihren Putzeimer vor die Füße. Dreckwasser schwappte auf den Boden. »Frühstück bis neun. Und nicht länger. Ihr wißt doch, daß dienstags geputzt wird.«

Schröder räusperte sich.

»Wir haben ja nur in Ruhe ausgetrunken«, sagte Oma eins und raffte ihre Fotos zusammen. Die andere drückte sich aus dem Raum.

»In Ruhe ausgetrunken«, äffte Gertrud sie nach. »Was glaubt ihr eigentlich ...?« Weiter kam sie nicht, weil es in diesem Moment beidseitig auf ihre Schultern patschte.

»Diese Hände«, sagte Schröder, »können streicheln und kosen. Sie können aber auch grausam sein.«

Gertruds Teint ging ins cremefarbene. »Ich hab ja nur ... Ich meinte ...«

Schröder fuhr seinen Zeigefinger aus. »Wir wollen doch alle nett miteinander sein, gell?«

»Ja ... ja, sicher.«

»Dann beweg die Worte in deinem Herzen.« Er griff sich die Rollstuhl-Oma und schob sie aus dem Speisesaal. »Kann ich Sie irgendwo absetzen?«

»Zimmer sechs«, schluckte die alte Frau. »Mein lieber Schwan, Sie gehen aber ran.«

»Lebe wild und gefährlich«, sagte Schröder. »Dies Motto durchzieht mein Leben.« Er rollte sie den Gang hinunter und stieß mit dem Fuß die Tür auf.

Das Zimmer war so groß, daß man gerade eine Zeitung aufschlagen konnte, ohne sich die Knöchel zu schürfen. Neben dem kleinen, schmierigen Waschbecken waren Kartons mit Papierhandtüchern bis zur Decke aufgetürmt. Auf einem der zwei Betten saß eine Rentnerin und schmökerte blinzelnd in einem Blättchen.

»Bei Gott, dem Dicken!« Schröder sah sich um. »Verstößt das nicht gegen ne Menge Vorschriften?«

»Vorschriften!« Die Frau auf dem Bett linste ihn über ihre Lesebrille an. »Sie machen mir Spaß, junger Mann.«

»Wir müssen halt etwas zusammenrücken im Alter«, sagte die Oma im Rollstuhl.

Wolli hob mit dem Finger die Soraya-Gazette an. »Der ist doch längst unter Würmern.«

»Wer?«

»Na, der von Thurn und Taxis«, sagte Wolli. »Unser Gloria ist jetzt Alleinerziehende. Nicht gehört? Kriegt man denn hier keine Zeitschrif...? Nein! Nicht sagen. Ich weiß schon.«

»Von den paar Kröten...« Die Frau faltete das Blatt zusammen. »Und selbst wenn. Hier gibt es doch weit und breit keinen Kiosk.«

»So wie im Krankenhaus«, nickte Oma eins. »Als ich es damals mit der Gallenblase hatte. Da gab es einen Kiosk. Und ein Café. Da waren wir jeden Nachmittag.«

»So gehört sich das ja auch«, sagte Wolli.

»Hier reicht es gerade mal zum Sterben.«

»Ja, sterben«, wiederholte Oma eins. »Denk nur an den Wilhelm.«

Bei Schröder ging eine Lampe an. Eine kleine zwar nur, aber sie leuchtete. »Was denn für'n Wilhelm?« fragte er und half ihr aus dem Rollstuhl.

»Der Wilhelm Bruns.«

»Ach? Und der ist gestorben?«

»Jaja. Und wie.«

»Tilde«, sagte die auf dem Bett.

»Wieso denn, Sophie?« Oma ließ sich von Wolli in den einzigen Sessel helfen. »War das etwa nicht merkwürdig? So ein gesunder, kräftiger Mann. Und dann von heute auf morgen.«

»Wann war denn das?«

»Tja ...« Oma rechnete an den Fingern nach.

»Tilde«, kam es wieder vom Bett. »Was vorbei ist, ist vorbei. Da können wir auch nichts mehr dran ändern.«

»Vor kurzem erst?« bohrte Wolli.

»Vier, fünf Wochen ist es vielleicht her.«

»Stimmte mit seinem Tod was nicht?«

»Alles stimmte.« Sophie legte das Blättchen beiseite. »Was soll denn auch nicht gestimmt haben?«

Die Lampe brannte immer noch. Aber sie flackerte ein bißchen. »Ja dann, schönen Tag noch.« Er hob die Hand und verließ das Zimmer.

Ein Todesfall. Naja, soll vorkommen in nem Altenheim. Fragte sich nur, warum Sophie nicht drüber reden wollte.

Er stand noch so am Fenster und überlegte vor sich hin, als er Chris über den Rasen sprinten sah. Das Goldkind schien Probleme mit der Atemluft zu haben. Er ging raus und verkrümelte sich hinter dem Abfallcontainer.

»Hi, Chef.« Chris zwängte sich zu ihm durch. »Ich hätte ihn fast gehabt.«

»Unsern Freund?«

Sie nickte. »Gestern abend. Steht plötzlich vor mir und atmet schwer.«

»Hast du ihn gesehen?«

Chris nickte wie ein Spielzeug-Äffchen.

»Und? Wie sah er aus?«

»Groß und dunkel.«

»Erzähl!«

Was sie dann tat. Und je mehr Schröder hörte, um so biestiger wurde er. »Das Schwein hat dich angepackt?«

»Die Beine weggetreten hat er mir. Und ich mit der Fönwelle voll gegen den Rauhputz.« Sie beugte ihren Kopf und strich die Haare zur Seite. »Reicht das für'n Nahkampf-Abzeichen?«

»Das darf doch wohl nicht... Das... Mann! Chris!« Er nahm sie behutsam in den Arm. Sie zitterte ein bißchen. Ganz vorsichtig drückte er seine Lippen an die Beule.

»Auh!« Chris machte sich los.

»Der kann sich jetzt schon freuen. Fünf Minuten, und der Kerl paßt zwischen zwei Toastscheiben.«

»Erst mal kriegen, Chef.«

»Ab sofort trägst du ne Knarre. Ich hol dir die Magnum aus dem Auto.«

»Klar«, sagte Chris und strich ihre Haare zurück. »Steck ich mir ins Strumpfband.«

»Ich find das nicht komisch.«

»Und ich schlepp keine zwei Kilo ölverschmiertes Eisen durch die Gegend.«

»Chris.« Er nahm ihre Hand. »Dann ruf mich wenigstens, wenn das noch mal passiert. Und bleib im Haus. Hörst du?«

»Jetzt komm mal wieder rüber in die richtige Welt. Wenn ich den Kerl schnappen will, kann ich nicht ständig in irgendwelchen Häusern bleiben.«

»Christiane! Wenn du noch ein einziges Mal...«

»Wolfgang!« keifte es. »Wo stecken Sie denn jetzt schon wieder?«

Wolli zeigte Zähne. »Sekündchen, Frau Oberschwester.« Und zu Chris: »Da ist vor kurzem jemand gestorben. Merk dir den Namen.«

****

»Wilhelm Bruns?« Theo streifte überschüssige Farbe vom Pinsel und sah sich suchend um. »Ich hab doch eben eine neue Dose aufgemacht.«

Chris griff in die Fensterbank und stellte sie ihm hin.

»Eines Tages verlier ich noch meinen Hintern«, knurrte er und schob die neugierige Katze beiseite.

»Ja, Wilhelm Bruns.«

»Soll was mit ihm sein?«

»Er ist gestorben.«

»Und das interessiert Sie?«

»Ja«, sagte Chris.

Theo guckte von unten hoch. »Warum?«

»Weil ich den Kerl finden will, der Frau Färber nachstellt.«

»Hehe«, machte Theo. »Hab ich mir gleich gedacht, daß Sie keine Sekretärin sind. Sind Sie von der Polizei?«

»Quatsch.« Chris ging in die Hocke. »Ich will ihn finden, weil er mich auch bedroht hat. Massiv sogar.« Sie nahm seinen Finger und legte ihn auf ihre Beule.

»Oh, verdammt!« Der Pinsel karriolte über die Rauhfaser.

»Halb so wild«, beruhigte sie ihn. »Also. Wilhelm Bruns.«

»Was hat denn der damit zu tun?«

»Wie ist er gestorben?«

Theo Plischke kniff die Augen zusammen und starrte an die Wand. Oben in der Diele wurden Stimmen laut. »Keine Ahnung«, sagte er. »Fragen Sie den doch mal. Der muß es ja wissen.« Und zeigte mit dem Pinselstiel zur Treppe.

Chris stakste zwischen Farbeimern und abmontierten Sportgeräten aus dem Fitneßraum nach oben.

». . . ganz wunderbar. Zum Schwimmen war es natürlich zu kalt. Aber das Hotel hat man im Winter quasi für sich allein.« Die Stimme aus dem Wohnzimmer klang nach Süßspeisen und Übergewicht. Auf jeden Fall gehörte sie einem Mann.

»Ich brauche unbedingt etwas für meine Nerven. Du hast mir doch mal diese Tropfen verschrieben.« Das war die Färber.

»Juliane. Du nimmst schon jetzt ein starkes Sedativum, und ich weiß nicht...«

»Du willst mir nicht helfen.«

»Dir nicht helfen. Wie kannst du das behaupten? Bin ich nicht dein Freund?«

Beim folgenden Geräusch ging es zweifellos einer Flasche an den Hals.

»Du trinkst recht viel.«

»Pah!« Die Färber lachte unecht. »Was kümmert dich meine Gesundheit?«

»Deine Gesundheit. Ich bin dein Arzt.«

»Je eher ich vor die Hunde gehe, um so besser für... für euch alle.« Kapitale Trinkgeräusche setzten ein.

Frau Ullmann rumste mit der Kellertür und hüstelte.

»Und Sie haben meine Karte nicht bekommen?« fragte die Süßspeise eilig bemüht.

»Nein, wirklich nicht. Vielleicht haben Sie es auch schlicht vergessen.«

»Vergessen. Das trauen Sie mir zu, gnädige Frau?«

»Oh, hallo«, sagte Chris beim Eintreten. »Störe ich?«

»Nein, nein.« Juliane stellte ihr Glas weg.

Etwas Rosiges stemmte sich aus den Polstern. Es knöpfte ein Vier-Mann-Zelt zu, das wohl ein Jackett war. »Nowak. Dr. Ernst Nowak.« Eine Art Kußmündchen verzog sich. Mit diesen Lippen konnte er sich gefahrlos im vierten Stock an einer Fensterscheibe festsaugen. Von außen. Solange er nicht »Mama« sagte.

»Ullmann.« Sie drückte ihm die Hand. Sie war warm und feucht und... Uuaahh! Chris schüttelte sie und sich gleichzeitig.

»Christiane hilft mir bei meiner Korrespondenz«, sagte Juliane.

Das Schwimmtier verschränkte die Arme auf dem Rücken. Ein Wunder, daß er seine Finger zu fassen kriegte. »Bei der Korrespondenz! Ich bin Frau Färbers Hausarzt und kümmere mich auch um die alten Herrschaften drüben.« Dabei lächelte er.

Chris lächelte ebenfalls.

Auch Juliane lächelte.

Es war zu blöd.

»Ich komme gerade aus dem Urlaub«, brach der Arzt das auftretende Schweigen. »Teneriffa. Herrlich.«

Chris hätte ihn gern nach Wilhelm Bruns gefragt. Aber er hätte es vielleicht falsch verstanden.

»Meine Güte. Da schwatze ich und schwatze, und drüben wartet die Arbeit auf mich.« Nowak deutete eine Verbeugung an. »Gnädige Frau. Ich schau dann morgen noch mal vorbei.« Damit klaubte er Julianes Finger und schmatzte ihr die Klunker ab.

Vor Christianes geistigem Auge tauchte ein Satz Haushalts-Handschuhe auf. Der Färber schien es nichts auszumachen. Wer weiß. Vielleicht war Spucke gut gegen Altersflecke.

»Ich bring Sie dann mal raus, was, Doktor?«

Das Telefon klingelte. Juliane nahm ab. »Färber.«

Chris blieb stehen.

»Sie ... Sie ...« Juliane schnappte nach Luft. »Sie sind ja krank!«

Mit einem Satz war Chris bei ihr und knallte den Hörer auf den Apparat. »Sie sollen doch nicht mehr rangehen.«

Nowak stand da und starrte die Färber an. Es sah aus, als lausche er angestrengt auf ein fernes Geräusch.

****

»Guten Appetit allerseits.« Der smarte Bert lächelte in die Runde und verließ das Haus. Kurz darauf zischte sein silberner Calibra am Fenster vorbei.

Muffelnd machten sich die Alten über ihren Fraß her.

Wolli patschte den Rest Kartoffelpüree auf einen Teller

und machte, daß er in die Küche kam. Ehe das Gezerre wieder losging.

Karin saß allein mit einem Joghurt am Tisch und las in den *Werdener Nachrichten.*

»Was reden die Alten denn ständig von diesem Bruns?«

»Bruns?«

»Ja«, sagte Wolli und wusch sich die Hände am Spülbecken.

»Was reden sie denn?«

»Na, daß er gestorben ist. Und keiner versteht, wieso.«

Sie blätterte raschelnd um. »Laß sie reden. Alte Leute brauchen immer was zu tratschen.«

»Stimmt es denn?«

»Was?«

»Ja ...« Verdammt. Wie sag ich's meinem Kinde? »Na, daß er tot ist? Ich mein ...«

Karin sah über den Rand der Zeitung. »Hast du seinen Namen auf dem Essensplan gesehen?«

»Nein.«

»Dann ist er wohl tot.« Und blätterte um.

Schröder kam sich zum ersten Mal an diesem Tag bescheuert vor. Eigentlich hatte das ein subtiles Verhör geben sollen. Na, dann nicht. Versuchte er es eben woanders.

Der Flur war leer. Nur das Klappern von Besteck klang aus dem Speisesaal herüber.

Und Wollis Turnschuhe knirtschten leise. Aber nur sehr leise.

Margot saß im Aufsichtszimmer und blätterte in einer Illustrierten. Ein angebissenes Butterbrot lag neben ihr. Sieh an. Die brachten sich alle was zu essen mit. Klar. Schließlich wußten die ja, was da vormittags in den Töpfen schmurgelte.

Er wartete, bis sie zubiß, und huschte vorbei.

Berts Büro lag am Ende des Ganges. Verschlossen.

»Ein Schnappschloß.«

Über so was hatte er schon als Halbwüchsiger Tränen gelacht. Nun war Schröder kein Schimanski und versaute sich die Scheck-Karte. Für Härtefälle wie diesen trug er stets sein Spezialbesteck am Schlüsselbund. Flaschenöffner, Pommes-Picker und Nagelfeile. Er spießte letztere brutal zwischen Türblatt und Rahmen und ruckelte ein bißchen.

»Na also.«

Die Tür mit dem Fuß zustoßend, sah er sich um. Sitzecke, Schreibtisch, drei Aktenschränke. Er versuchte es beim ersten, durchsuchte den zweiten und fand ein Hängeregister im dritten.

»Babielsky, Bodmer, Bra ... Bre ... Bruhns, Wilhelm.«

Geboren 16. 4. 1911 in – Beruf – Einweisung am – Gestorben 2. 9. 1991. Todesursache ... Heh? Durch Virose hervorgerufene Myokarditis fortgeschrittenen Zustands.

Myokar ... Aha. Doc Schröder blickte voll durch. Er kannte schließlich *Mykonos*, den Grill auf der Steeler Straße. Ob Costas, der Wirt, allerdings beim Tod von Wilhelm Bruns seine Hände im Spiel gehabt hatte, war äußerst fragw ...

Ratschen an der Tür.

Schröder hechtete hinter die Couch. Daß er nur die Zweiercouch erwischte, wunderte ihn schon nicht mehr. Es gab solche Tage. Schröder krümmte sich.

Jemand kam rein. Ein Fuß wurde sichtbar. Solides Schuhwerk, halbhoch geschnürt. Margot. Was sie suchte, war nicht herauszuhören. Und er wollte auch nicht gerade fragen. Auf jeden Fall wurde gekramt, geraschelt und mit dem Bonbon geklickert. Dann rumste es. Schritte draußen auf dem Flur. Stille.

Schröder wagte einen Blick aus dem Rindsleder. Die Luft war rein.

Er bog den Hefter zurecht, auf den er gefallen war, und rappelte sich auf. Weiter unten auf dem Blatt war eine Adresse angegeben. Axel Bruns, geb. 9. 7. 1954, 4300 Essen, Karnaper Straße 213. Der Sohn? Der Sohn.

Neben Berts Schreibtisch bot ein Fotokopierer seine Dienste an. Schröder sagte nicht nein, verstaute dann den Hefter und griff zum Telefon.

****

Kalt war es. Und dunkel wurde es auch schon so früh. Ein schwacher Geruch von Rauch lag in der Luft.

»Herbst.« Benno Korn schnüffelte, steckte seine Siyahi-Meerschaum in den Mundwinkel und hievte die Einkaufstasche vom Rücksitz. Ohne anzuklopfen trat er in die wohlige Wärme. »Ich bin's.«

Oma Lene saß im Wohnzimmer vor dem Fernseher. Füße hoch, Keksdose auf dem Schoß und gelben Sprudel im Glas.

»Lebkuchen«, stöhnte Benno und setzte die Tasche ab. »Im Oktober.«

»In mein Alter muß man sich wat gönnen, solang man kann.«

»Soll die Milch in den Kühlschrank?«

»Psst!«

Wortlos verstaute Benno die Einkäufe. Oma bei *Praxis Bülowbogen* zu stören, war schlimmer, als beim Abendmahl zu rülpsen.

Nebenan wurde Musik laut, der Abspann flimmerte über die Scheibe.

»Hach.« Oma Lene fuhr sich mit dem Strickjackenärmel über die Augen. »So ne junge Frau. Und will sich umbringen.«

»Ist ja noch mal gutgegangen«, sagte Benno. Nahm er jedenfalls an. Und weil es nicht schaden konnte, drückte er sie kurz an sich. »Hast du genug Tempotücher?«

»Mach dich ma ja lustich über mich.«

Er kratzte sich den Bart, nahm ein Lebkuchenherz und steckte es in den Mund.

»Ja, für dich iss dat nix. Du müßtess ma langsam auf Diät, Dicken.«

»Hat Zeit.« Er nahm noch eins und wandte sich zum Gehen.

»Wo iss Wolli denn? Ich denk, der wohnt jetzt bei Hannes und Petra.«

»Er ist an einem Auftrag dran.«

»Wolli? Der wollt doch nich mehr.«

»Naja.« Benno nahm ein drittes Herz. Scheiß was auf Oktober. »Eigentlich hat Chris den Auftrag. Aber wir helfen ihr ein bißchen.«

Oma wackelte mit dem Kopf. »Dat arme Kind.«

Weil er darauf nichts zu sagen wußte, setzte Benno sich neben die Keksdose.

»Er sollte sie heiraten.«

»Sag das mal Chris.«

Oma kippte die Limo wie ein Holzfäller den Bourbon. »Wenn Wolli sich nur nich so hängen lassen tät. Iss doch sonss nich seine Art.«

»Irgendwann ist mal Schluß, Oma.«

»Ach.« Sie rumorte in der Dose und bekam einen wehrlosen Zimtstern zu fassen. »Iss doch bisher auch gegangen. Wat hat der denn so plötzlich?«

»Pekuniäre Sorgen«, sagte Benno und entschied sich für eine Schokoladenprinte. »Schröder muschelt sich jetzt seit Jahren durch. Und was hat er erreicht? Einen Lebensstandard wie ein rumänischer Kleinbauer.«

»Er hängt doch so dran.«

»An Chris?«

»Auch.« Sie hangelte nach ihrem Glas. »Gieß mir doch noch'n Schlücksken ein. An seinen Beruf, mein ich. An de Steeler Straße. Dat iss doch seine Welt.«

»Die er nicht bezahlen kann.«

»Ach«, sagte sie. Und sah ihn aufmerksam an. »Sach mal ehrlich, Dicken. Wolli kann dat doch. Er ist doch gut. Oder?«

»Spitzenmäßig.« Benno nickte. »Gibt wenige in der Branche, die für diesen Beruf geboren sind. Wolli ist so einer.«

»Denk ich auch. Den muß man nur ab und zu in't Kreuz treten.«

»Demnach müßten Chris schon die Fußsohlen brennen.« Er stand auf.

Oma Lene kaute hektisch. Die Lippen gekräuselt, die Augen starr auf einen Punkt an der Wand gerichtet.

»Ich geh dann mal. Gute Nacht, Oma.« Er küßte sie auf die Wange.

»Iss dat gefährlich?«

»Der Auftrag?« Benno hakte die erkaltete Pfeife zwischen die Zähne. »Nein, nein. Eine Sache in einem Altenheim.«

»Jesus und Maria!« Ihre Knopfaugen musterten ihn. »Wat kann denn da passieren?«

»Schröder erzählte was von saumäßigen Zuständen«, sagte er, schon fast in der Küche.

»Benno?«

Er drehte sich um.

»Wenn ich ma alt bin, ich will auf keinen Fall in so'n Heim.«

»Oma Lene. Du glaubst doch nicht, wir würden dich zu fremden Leuten geben. Ist doch klar, daß wir für dich sorgen.«

»Hah«, machte Oma Lene. »Dat sieht man.«

Bennos Stirnfläche knubbelte sich. »Was soll das denn heißen?«

»Du«, dabei tippte sie auf den ausgestreckten Daumen, »hass keine regelmäßige Arbeit.« Es folgte der Zeigefinger. »Bei Irmchen reicht et ma so gerade. Hannes mit sein bißcken Taxifahren und Autosreparieren. Und jetzt noch Wolli. Von der armen Christiane gar nich zu reden.«

»Ach, Oma. Machst du jetzt auf Panik?«

»Nee, nee«, sagte Oma Lene und stierte wieder auf den Punkt an der Wand. »Nee, nee.«

****

Es klingelte.

Ihr Arm fuhr aus dem Satin und tastete umher.

Es klingelte.

»Maaann.« Chris öffnete ein Auge und nahm ab.

»Juliane?«

»Eh, spinnst du? Keine Uhr in der Nähe?«

»Bist du es, Juliane?«

»Hör zu, du runzlig geriefter Schleimfuß«, sagte Chris. »Kann vielleicht ne Weile dauern, aber ich krieg dich. Und dann geht's mit Blaulicht in die Kiefern-Orthopädie.«

Es klickte.

****

»Wohl an, Sire. So nehmt vom Schinken noch ein saftig Stück.«

»Meinethalben. So Ihr es denn wünscht.«

»Und Kaas aus Holland, den solltet Ihr goutieren.«

»Welch trefflich Morgenmahl an meines Fürsten Tische.«

Mit großartiger Gebärde goß Benno seinen Becher voll und prostete seinem Spiegelbild über dem Küchentisch zu.

Im Garten vor dem Fenster stahl sich die Sonne durch das Gezweig. Es wurde Zeit.

Fürbaß schritt er ins Wohnzimmer, wo im Kamin noch weiße Asche lag. Einige Flaschen standen auf dem Tisch zwischen den alten Sofas und kündeten von frohen Stunden.

»Clos de Montibeux, 1989. Ein Wein wie der Kuß einer schönen Frau.« Krachend bog er seine Schultermuskulatur zurecht.

Fast sein halber Verdienst vom letzten Taxifahren war für eine Kiste davon draufgegangen. Es reute ihn nicht. Wenn es mal soweit war, würde auf seinem Grabstein stehen: Er hat gelebt.

Er öffnete die Vitrine und steckte sich eine schlanke Canadian und zwei Sandgestrahlte in den Hosenbund. Dazu ein

Beutelchen Cavendish. Der Tag konnte bringen, was er wollte. Für erlesenen Rauchgenuß war jedenfalls hinreichend gesorgt.

Dermaßen gestärkt verließ er das Haus, trat in den sonnigen Herbst und streckte sich noch mal ausgiebig.

Vor der Scheune wartete treu sein alter Mercedes. Irgendein Clown hatte mit dem Finger *washed by Stevie Wonder* in den Staub der Heckscheibe geschrieben.

Unerwartet flott sprang der Wagen an, und auf ging's ins hektische Leben. Wenn Benno etwas haßte, dann waren es Observationen. Aber wenn er etwas schätzte, dann waren es Freunde. Und Freunden mußte man helfen.

Gestern abend hatte er noch fix im Telefonbuch nachgeschlagen. Axel Bruns besaß einen Anschluß. Damit rutschte er in den engeren Kreis der fünfhunderttausend Verdächtigen in der Stadt. Ein erster Erfolg.

Um neun kam er an und besah sich die Klingelschilder. Auf einem stand *A. Bruns.* Man war richtig.

Sodann sah er sich nach einem geeigneten Plätzchen um. Schräg gegenüber gab es ein verwildertes Etwas, das mit Autos vollgestellt war. Genau das richtige. Er parkte rückwärts hinter einer Plakatwand ein, die ihn zur Straße hin abschirmte. Dann richtete er den Innenspiegel dorthin, wo sich die Haustür befinden mußte, und kramte den Tabak aus der Jacke.

Eine Stunde verging, bis am unteren Rand der Plakatwand Füße erschienen. Seitlich tauchte eine Hausfrau auf und trippelte aus dem Blickfeld. Danach tat sich mit boshafter Zuverlässigkeit erst mal gar nichts.

Gegen elf erschienen neue Füße. In Cowboystiefeln. Sie gehörten einem Mann Ende dreißig im grünen Parka. Haare bißchen zu lang, bißchen zu fettig.

Es war einen Versuch wert.

Benno stieg aus und folgte ihm auf dieser Straßenseite. Nur fünfzig Meter, dann verschwand der Typ in einer Videothek.

Benno schob sich durch den Verkehr und trat ein. Links ein Tresen. Darüber ein Fernseher, in dem gerade ein Auto gegen eine Wand dengelte, in einer Flammenwolke explodierte und rundum alles schön in Brand setzte.

Auf einem Schemel umkrallte ein Bürschchen seine Cola. »Eh! Volles Rohr! Hasse gesehen, Keule?«

Keule war ein stämmiger Mann hinter dem Tresen, dessen Brusthaare sich aus dem offenen Hemd drängten. Er suchte in einem Karteikasten herum. Der Typ mit den Stiefeln hatte einen Arm auf der Theke.

»Ist ausgeliehen«, sagte Keule und warf dabei Benno einen flüchtigen Blick zu.

Benno schlenderte in den Nebenraum. Abteilung Ninja, Kung Fu und Zweiter Weltkrieg.

»Mist.«

»Hast du den da schon gehabt?«

»Na? Alles klar?« fragte das Bürschchen.

»Läuft so.«

»Scheißleben, wa?«

»Ich merk dich mal vor, Axel.«

Axel! Axel Bruns! Bingo.

****

»Seit zwei Wochen warte ich auf diesen Brief«, schrie Katja. »Vorgestern habe ich dich noch gefragt.«

»Entschuldige.«

Chris nahm den Bogen aus der Schreibmaschine und sah ins Nebenzimmer.

Die Färber saß ungerührt am Flügel und fingerte was von Mozart in die Tasten. Oder Beethoven. Jedenfalls nichts von Elton John.

»Aber natürlich entschuldige ich das.« Katja knallte einen Umschlag auf den Tisch, daß die Kerne aus den Schnittblumen rieselten. »Ist ja nicht wichtig. Nicht für dich.«

»Ich habe es vergessen. Mein Gott noch mal.«

Es klingelte an der Tür. Fast wäre Chris aufgestanden. Aber dafür war Martha da. Hatte Juliane ihr extra eingeschärft.

Wolli schlakste ins Arbeitszimmer, eine Postmappe unter dem Arm. »Ullmännchen! Also, Ehrenwort. Bei Ihrem Anblick stürzt mir jedesmal der Blutzucker ab.«

»Sie sollten mal Dr. Nowak konsultieren, Herr... äh.«

»Schröder. Mit K wie Tomate.«

»Schröder. Wie originell.« Und leise: »Was Neues?«

»Benno ist hinter Axel Bruns her.«

»Hältst du das für ne gute Idee?«

»Wenn sein Vater wirklich auf dubiose Weise gestorben ist, ja.«

»Er ist also Wilhelms Sohn?«

»Ich hab Karin gefragt. Und Alfons.«

»Schön«, sagte Chris laut. »Wenn Sie einen Moment warten, können Sie das hier für Herrn Kutschera mitnehmen.«

»Dir ist es ja egal, ob ich den Studienplatz kriege oder nicht. Dir ist ja alles egal, solange es nicht dich betrifft.«

»Du machst aus einer Mücke einen Elefanten. Wie kann man eine Kleinigkeit nur derart aufbauschen?« Juliane klimperte seelenruhig weiter.

Schröder zeigte mit dem Kopf nach nebenan. »Wußte gar nicht, daß Katja da ist.«

»Ist mit dem Taxi gekommen«, murmelte Chris, während sie die Post sortierte.

»Dem Poststempel nach liegt er mindestens seit einer Woche hier rum. Während ich...«

»Nun ist aber gut!« Juliane donnerte den Deckel auf die Elfenbeinernen, stand auf und schloß die Tür. »Wenn du unbedingt eine Szene machen mußt, dann bitte nicht vor dem Personal«, klang es gedämpft herüber.

»Schrei mich nicht so an!«

»Ich schrei, solange ich will!«

»Zwanzig Mark auf die jüngere«, sagte Schröder und

steckte sich eine Zigarette an. »Ach, noch was. Unser Theo scheint fest in Julianes Hand zu sein.«

»Theo Plischke? Wieso?«

»Der hatte früher mal ne Gärtnerei. Hat viel für Juliane gearbeitet. Und dann mußte er irgendwann die Finger heben.«

»Offenbarungseid?«

»Jau. Soll dann nur schwarz gearbeitet haben. Und Juliane hat ihm ihren Briefkasten geliehen. Damit gewisse Post oder Schecks nicht zu ihm nach Hause kamen.«

»Wer sagt das?«

»Alle.«

»Naja.« Chris drückte ihm die Mappe in die Hand. »Es bewegt sich doch was.«

»Sie müssen mir das noch quittieren. Hier.« Schröder schloß die Augen und spitzte hingebungsvoll die Lippen.

Chris legte ihm die Fingerkuppe auf den Mund und schob ihn raus. »Ich verwahre mich für den Mann, der mich wert ist.«

»Ja, sind denn diese hübschen Augen blind? Hier steht er. Hier.« Er versuchte ihre Hand zu fassen. »Was ist mit heute abend? Bißchen auf die Piste gehen?«

»Kein Bedarf.«

»Ich fahr Ascona. Ehrlich.«

Sie hielt ihm die Haustür offen. »Oh, hallo.«

»Guten Morgen«, lächelte Bert. »Ich wollte kurz zu Frau Färber.« Er entdeckte Wolli, was massiven Einfluß auf sein Lächeln hatte. »Sie?«

»Chefe! Isse alles schön paletti.«

»Was machen Sie denn hier?«

»Die Nummer heißt *Kurier des Zaren*«, sagte Schröder und hob die Postmappe.

»Dann machen Sie mal, daß Sie rüberkommen.« Bert drückte sich an ihm vorbei. »Ach ... Herr Schröder?«

»Mijnheer?«

»Wir sollten uns mal unterhalten. Finden Sie nicht auch?«

»Welches Thema schlagen Sie vor?«

»Zum Beispiel Ihr Betragen.«

»Fein«, sagte Schröder. »Heute abend? Bei mir ist gerade ein Termin frei geworden.«

Kutschera atmete heftig und ließ sie stehen. An der Wohnzimmertür prallte er beinahe mit Katja zusammen.

»Oh!« machte Wolli. »Wollen Sie uns nicht vorstellen, Frau Ullmann?«

Katja schnaufte. »Wer ist das denn?«

»Schröder«, sagte Schröder. »Angenehm.«

Sie beachtete ihn nicht weiter. »Fahren Sie mich nach Hause.«

Chris warf einen schnellen Blick nach nebenan. »Da muß ich erst Ihre Mutter fragen.«

»Wenn ich Ihnen sage...«

Ein Schlüssel flog durch die Luft. »Schaffen Sie sie aus dem Haus.« Juliane rumste die Tür hinter sich zu, daß Bert gerade noch durchschlüpfen konnte.

B...b...blutdruck stieg. Was bist du denn? Ein grunzdummer Proll, der sich von den Herrschaften rumpfeifen läßt? Schmeiß den Job, Mädchen! Chris schloß die Augen und zählte bis drei. Ihr Blutdruck normalisierte sich.

»Ja, was ist?«

Bis zum Benz zählte sie nochmals bis zehn. Willst du den Kerl von vorgestern nacht greifen? Ja? Dann bleib jetzt cool. Nicht rumkeifen oder der Kleinen eine schallern. Seit wann lassen wir uns von Kiddies provozieren?

Sie entriegelte die Beifahrertür, ließ Katja einsteigen und startete. »Porsche platt?«

»Inspektion«, schnappte Katja und dann: »Hexe!«

»Vielleicht hat sie den Brief wirklich vergessen.«

»Die?« Katja lachte schrill. »Die braucht das. Einmal in der Woche muß sie mich spüren lassen, daß ich ein Nichts bin. Daß ich ohne sie immer noch ein Heimkind wäre.«

Chris fuhr langsam vom Grundstück. »Es geht mich ja nichts an. Aber warum hat sie Sie dann überhaupt adoptiert?«

»Weil sie ein Spielzeug brauchte, damals. Eine Puppe. Daß ich ein Mensch bin, hat sie zu spät gemerkt. Aber viel brauchte sie ja nicht zu tun. Kinder werden ja von allein groß.«

»An Ihrer Stelle würde ich überhaupt nicht mehr herkommen.«

Katjas Kopf fuhr herum. »Sie müssen schon mir überlassen, was ich tue.«

»Okay, okay.« Chris spreizte abwehrend die Hände.

Paar Sekunden Muffeln. »Sorry.«

»Schon vergessen.« Chris stoppte an der Heidhausener. »Wohin nach Kettwig?«

»Schmachtenberg. Wissen Sie, wo das ist?«

Sie nickte und schob den Benz in den Verkehr. »Was sagen Sie denn zu dem alten Bruns?«

»Zu wem?«

»Na, der da im Heim gestorben ist.«

»Ach der.« Die Kleine zupfte was von ihrem Rock. »Wer überlebt schon auf Dauer Margots Pflege?«

»Lissi meinte ...«

»Wollen Sie mich mit Klatsch füttern?«

»Ich wollte nur was reden.«

»Interessiert mich nicht«, sagte Katja.

»Auch nicht, welche Zustände ...?«

»Nein!« Ihre Faust schlug dumpf gegen die Türverkleidung. »Ich will mit diesem Scheiß nichts zu tun haben. Wenn ich das mal erben sollte, wird das sowieso alles vertickt.«

Vorsicht! Nicht so schnell weiterbohren.

»Was soll überhaupt die Fragerei?«

Chris spurtete und ließ das Coupé bei Gelb über die Ampel schnurren. »Der Mann, der Ihre Mutt... Frau Färber bedroht, hat mich angegriffen.«

»Habe ich gehört. Tut mir leid.« Es klang wie eine vorgedruckte Karte. »Und jetzt meinen Sie, es wäre jemand aus dem Heim.«

»Woher sonst? Nur, von Frau Färber ist da keine Hilfe zu erwarten.«

»Juliane hält sich aus so was raus«, sagte die Kleine. Ihre Finger trommelten gegen die Scheibe. »Scheinheilige Kuh! Dabei weiß sie genau, was da läuft.«

Fragen? Frag einfach. »Was denn?«

»Die kochen doch alle ihr Süppchen. Die Olschewsky, Bert Kutschera, Juliane. Wissen Sie, was Juliane monatlich als Geschäftsführerin abstaubt?«

»Es wird keine Ähnlichkeit mit Sozialhilfe haben.«

Katja grinste. Es sah böse aus. Anscheinend war sie in der richtigen Laune, vom Leder zu ziehen. »Vor zwei Jahren hat der Kutschera eine der Alten beerbt. Hat ihm ein Haus in Überruhr eingebracht. Das ging garantiert nicht mit rechten Dingen zu. Und Juliane hatte da auch ihre Hände drin.«

»Ist der fette Arzt auch so einer?«

»Nowak?« Katja zerkaute den Namen. »Der kassiert fürs Nichtstun. Medizinische Oberaufsicht. Ph!« Ihre Finger umklammerten den Haltegriff. »Wußten Sie, daß Juliane sich von ihm bumsen läßt? Wegen irgendeiner alten Geschichte. Damit er dicht hält.« Sie ließ los und lehnte sich zurück. »Sie wissen vieles nicht.«

Das schien ihr auch so. »Wer macht so was?«

»Was?«

»Wer setzt Ihre ... Frau Färber dermaßen unter Druck? Der muß doch einen Grund haben.«

Katja sah gelangweilt aus dem Fenster.

Ende der Sprechstunde?

Nein. Da kam noch was. »Sie finden den Kerl im Heim.«

»Wissen oder vermuten Sie das?«

Katja drehte den Kopf zu ihr. »Bin ich dazu da, Ihre Arbeit zu erledigen?«

»Meine Arbeit beschränkt sich auf die Korrespondenz ...«

»Ihre Arbeit ist es, Juliane zu beschützen. Das ist doch längst bis zum letzten Sabbergreis durch.« Ihr Blick rasterte Chris von der Seite ab. »Können Sie Karate?«

»Seh ich so aus?«

»Sie sehen aus, als könnten Sie es gebrauchen.«

Dann war – nur mal so theoretisch – Juliane eine Gefahr für Kutschera, weil sie von seinen Machenschaften wußte. Zusammen mit dem Vorkaufsrecht nach Julianes Tod gab das ein dickbäuchiges Motiv für ihn. Andererseits ... Was sollten dann diese Sperenzchen? Nächtliche Anrufe. Verfolgungen à la Jerry Cotton. Klingelmännchen spielen, wie ein Fünfjähriger. Der wollte Juliane doch gar nicht umbringen.

»Tjaaa«, sagte sie, weil ihr nichts Besseres einfiel.

Katja tippte auf die Stereoanlage und holte sich einen ungeheuer nervenden Sound von Van Halen rein. Vielleicht hatte sie schon zuviel geredet.

Unter *Oh, you ate one, too!* erreichten sie Kettwig, wo Chris den Schlitten nach Katjas Fingerzeigen in eine reich-ruhige Wohnstraße lenkte.

»Danke«, sagte Katja und stieg aus.

Hinter Chris hielt ein Hushibushi. Eins dieser japanischen Autos, die Chris nie auseinanderhalten konnte. Ein junger Mann stieg aus, rief Katja was zu. Die blieb stehen, lachte, lief ihm entgegen. Sie küßten sich und verschwanden im Haus.

Für einen kurzen Moment war alles Spröde und Harte an Katja abgefallen.

»Ja, die Liebe«, seufzte Chris und fuhr an.

****

Um ein Haar wäre er eingenickt.

Benno gähnte und kurbelte das Fenster herunter. Der Pfeifenrauch zog ab wie Londoner Nebel. Er kratzte seine Peterson 107 aus, schob einen Pfeifenreiniger hinein und steckte sie in die Tasche.

Mittagszeit.
»Jetzt was in die Backen.« Vor seinen Augen erschien die Fata Morgana von was Duftendem. »Hasen-Ragout provenzalisch.« Er schnupperte. »Mit Prinzeßböhnchen und Kartoffelklößen.«
Im Rückspiegel ging die Tür auf. Die Cowboystiefel.
Ächzend wuchtete Benno sich aus dem Wagen und trat auf der Stelle, um Gefühl in seine kalten Füße zu kriegen.
Mit zwei Kassetten unter dem Arm verschwand Axel Bruns in der Videothek. Keine Minute später erschien er wieder, überquerte die Straße und ging an der Plakatwand vorbei.
Benno folgte ihm gemächlich bis in den Emscherpark.
Die Sonne war verschwunden. Graue Wolkenmassen schoben sich von Westen her über die Stadt. Da, wo der Schornstein vom RWE-Kraftwerk vor dem Himmel stand.
Jaja, dachte Benno. Der Essener Norden.
Ein junges Pärchen kam ihm entgegen. Beide in gleich aussehenden Jogginganzügen. Sie war nicht älter als zwanzig und schob einen Sportwagen mit einem plärrenden Kind vor sich her. Der junge Vater hatte den wilden Blick drauf. An der rechten Hand pendelte eine halbvolle Bierflasche. Mit dem Zeigefinger im Flaschenhals.
Jaja, dachte Benno wieder.
Bänke standen im Halbkreis, von Männern belagert. Axel wurde mit Handschlag begrüßt. Lautstarkes Grölen. Eine Flasche kreiste.
Benno hielt sich seitwärts und tauchte hinter einer Buschreihe ab.
»... gestern abend nicht gekommen, eh?«
»Hatte ne Perle da.« Axel.
»Du und ne Perle.« Jemand lachte.
»Heißt die denn?« wollte ein anderer wissen.
»Geht euch das was an?«
»Spinn doch nich rum, Bruns. Die Alte möcht ich sehn, die für dich die Beine breit macht.«

Tja. Benno schlenderte über die Wiese in einem Bogen zurück. War das Schröders Ernst? Der Typ? Sicher, einer von den Verklemmten war er schon. Und zuzutrauen war es jedem, daß er Frauen aus dem Schlaf klingelte. Um bei ihnen abzuladen, was sich sonst freiwillig keine andere anhörte. Aber war Bruns einer, der fotografierte Gesichter mit dem Messer zerschnitt?

Wenn man wenigstens gewußt hätte, welches Motiv er haben könnte. Vaters Tod?

»Der Eltern Tod ist oft der Kinder Glück.« Naja.

Drei Häuser neben der Videothek hing ein Schild *Bestes Gyros bei Dimitri.* Bennos Gehirn sandte ein schrilles Warnsignal aus. Doch der Magen verlangte sein Recht. Und wenn es nur ein Schälchen Krautsalat war.

****

Die Lichter des Heims verschwimmen im Dunst der ersten Dämmerung.

Juliane hat sich bei der Ullmann untergehakt. Sie leidet. Und will zeigen, wie sehr sie leidet. Dabei hat sie keine Ahnung, was noch alles auf sie zukommt.

Sie kommen den Weg herunter. Bleiben am Brunnen stehen. Die Ullmann macht eine hilflose Geste. Was reden die da?

Jetzt nicht auf Blätter treten. Sie sind verdammt nah. Schritt für Schritt nähere ich mich. Nur die Sträucher zwischen ihnen und mir.

»... habe doch niemandem etwas getan.«

»Vielleicht ist es jemand aus dem Heim?«

»Wieso denn?«

»Frau Färber, es ist eine Möglichkeit.« Wieder macht die Ullmann diese Geste. »Die Verhältnisse dort...«

Juliane löst sich vom Arm der Kleinen, starrt sie an. »Was meinen Sie damit? Welche Verhältnisse meinen Sie?«

Na los. Sag ihr doch, was du meinst. Die Kleine traut sich nicht. Man kann es direkt sehen.

»Woher wollen Sie überhaupt wissen, wie es meinen alten Leuten geht?«

Meine alten Leute. Meine.

»Naja, man hört so einiges. Daß sie kein Taschengeld bekommen. Daß die Verpflegung schlecht ist.«

»Das ist eine Lüge!« Sie macht einen Satz zurück, als habe sie sich elektrisiert. »Wer sagt so was? Ich persönlich sorge für das Wohl der alten Leute. So eine ...«

»Beruhigen Sie sich, Frau Färber.«

»Das ist eine bodenlose Unverschämtheit. Wer setzt solche Gerüchte in Umlauf? Ach, ich kann es mir denken. Lissi.«

»Nein, nicht Lissi.« Die Ullmann nimmt Julianes Arm. Führt sie weiter, als hätte sie eine Kranke bei sich.

»Ich tu doch alles, was ich kann.« Abrupt bleibt sie stehen. »Wissen Sie, wie alt ich bin?«

Die Ullmann hat den Mund offen. »Nein. Wieso?«

»Zweiundfünfzig. Nächstes Wochenende werde ich zweiundfünfzig.«

»Bis dahin haben wir ihn. Das verspreche ich Ihnen.«

»Ich bin nicht mehr so kräftig wie früher. Ich kann mich nicht um alles kümmern.«

»Niemand macht Ihnen einen Vorwurf.«

Sie gehen vorbei. Einen knappen Meter vor mir. Wenn ich wollte, könnte ich sie anfassen. Wie vorgestern. Als die Ullmann sich so schlau vorkam. Irgendwie war es erregend. Ihre spürbare Angst. Ihr Zittern. Faszinierend.

Sie führt Juliane über den Rasen zum Haus.

Ich laufe an der Mauer entlang, dann unter den Bäumen hindurch. Bin ihnen genau gegenüber.

Jetzt. Jetzt müßten sie den Umschlag sehen.

Die Ullmann stockt. Mist! Sie zeigt zum Weg hinunter, sagt was. Prompt sieht Juliane dorthin. Mit einer Hand schließt die Ullmann auf, schiebt Juliane ins Haus, folgt ihr.

Und nun?

Die Ullmann kommt zurück. Bückt sich, dreht den Umschlag in der Hand. Steckt ihn ein.

Du versaust mir die Show! Du kleines Dreckstück!

****

Sie nannten es Hagebuttentee. Einen Beutel auf zwei Liter. Die Brühe schwappte in großen Kannen, von denen plackenweise das Email abgesprungen war. Eine andere Unverschämtheit hieß Aufschnitt und zog schleimige Fäden. Und das Graubrot verdiente wahrlich keinen anderen Namen. Das ganze Abendessen machte den Eindruck, als hätte vorher der Hund damit gespielt.

Schröder biß trotzig von seinem Marsriegel ab.

Erste Rentner erhoben sich mit käsigen Gesichtern. Stühle wurden gerückt, Geraune, Hüsteln. Sophie schob Tilde durch die Stuhlreihen.

Schröder griff hinter sich aufs Fensterbrett. »Kleine Aufmerksamkeit des Hauses«, sagte er und legte ihr einen Stapel auf den Schoß. *Goldenes Blatt, Grünes Blatt, Frau im Spiegel, Frau mit Herz, Frau wer weiß was.* »Damit wir wieder mitreden können.«

»Herr Wolfgang ...« Sophie wurde tatsächlich ein bißchen rot. »Das wäre doch nicht nötig gewesen.«

»Wissen ist Macht«, verkündete Wolli.

»Und alles neue Hefte«, piepste Tilde.

»Ach, wo wir gestern gerade drüber sprachen«, sagte Wolli leise. »Der Sohn vom Wilhelm Bruns ...«

»Einen Sohn hatte der?«

Wolli sah von einer zur anderen. »Wußten Sie das nicht?«

»Nein«, sagte Sophie.

»Ja, war der denn nie hier?«

Synchrones Kopfschütteln. »Kenne ich nicht. Du, Tilde?«

»Das hätte ich bestimmt mitgekriegt.«

»Na, ist ja auch egal«, sagte Wolli, verbeugte sich und küßte beiden die Hand. »Angenehmen Abend wünsche ich den Damen.«

»Sie sind vielleicht einer...« Kichernd schoben die beiden Alten ab. Tilde blätterte schon hektisch.

Was wollte ihm das Leben damit sagen? Ein Rentner, der auf mysteriöse Weise gestorben sein sollte. Ein Sohn, der seinen Vater anscheinend nie besucht hatte. Und ein Heini, der einen auf Mister X machte. Wie paßte das zusammen? Gar nicht. In Wollis Kopf stürzte krachend eine Mauer zusammen, auf der groß »Theorie Nummer 1« stand. Wenn Axel Bruns...

»Ich habe ein Recht darauf. Jawohl. Seit einer halben Stunde habe ich ausgetrunken.«

Schröder schüttelte den Kopf wach und sah hoch.

Inzwischen waren die meisten zum Fernsehen verschwunden. Nur an einem Tisch hockten noch einige Männer. Einer tippte mit dem Finger gegen seinen Becher.

»Ich habe zweimal nach Ihnen gewunken und...«

»Ist okay.« Dirk legte ihm die Hand auf die Schulter.

Der Alte schüttelte sie sofort ab.

»Mach hier keine Wellen, Opa. Ist alles okay, hörst du? Du kriegst deinen verdammten Tee. Okay?«

Schröder verschränkte die Arme vor der Brust und schob sich näher.

»Für Sie immer noch Herr Brand, junger Mann.«

»Ganz ruhig, Opa. Verstehen wir uns? Du trinkst jetzt deinen Tee und hältst den Mund.«

Der Alte keuchte hörbar.

Ehe er ein Wort herausbekam, nahm Dirk eine Kanne vom Servierwagen und goß ein. Goß voll. Tee lief über, lief auf den Tisch. »Oh, wie ungeschickt von mir.«

Keiner sagte ein Wort. Alle starrten auf den Becher. Gewölbt voll, klebrig nass, in einer rötlichen Pfütze.

»Trink!«

»Sie . . . Sie . . .« Der alte Mann zitterte am ganzen Körper. Er versuchte aufzustehen, sackte auf den Stuhl zurück. Eine Hand am Herz.

»Kann ich dich mal sprechen?« fragte Wolli sanft.

Dirk drehte sich um. »Wozu?«

»Was Privates.«

»Wenn's sein muß.« Der Pfleger stellte die Kanne zurück und stiefelte zur Tür.

Wolli hinterher.

»Worum geht's denn?«

»Da rein«, sagte Schröder und zeigte auf die leere Küche.

»Was soll denn das?« Dirk zog die Oberlippe hoch. Im nächsten Moment riß es ihm den Mund auf. Als Schröders Hand seinen Hals packte. Rückwärts taumelnd, wurde er in die Küche gestossen und prallte gegen den Kühlschrank. Es schepperte metallisch. »Bist . . . du . . .?«

»Schnauze!« Schröder ließ los und schlug zu.

Dirks Arme zuckten vors Gesicht. Ein dumpfer Faustschlag krümmte ihn zusammen. Mit dem Nasenbein auf Schröders Knie.

Er riß ihn am Kragen hoch und stemmte ihn auf Augenhöhe. »Noch so ein Auftritt, und du kannst die nächste Zeit durch'n Schlauch essen. Ist das angekommen?«

Dirks Spielraum zum Nicken war äußerst begrenzt. Er flatterte mit den Augen.

»Und jetzt schleich dich, du Kröte.« Ein Schubs. In Schräglage torkelte Dirk aus der Küche.

Körperbetontes Spiel nannte man das im Sport. Schröder ließ Luft ab, zog die Kühlschranktür auf und griff nach einem Bier. Es war keins da.

»Bah! Ist das'n Siff.« Woanders zog man Pilzkulturen wenigstens in abgedeckten Schalen gross. Die Abend-Gymnastik hatte einiges ins Rutschen gebracht. Ein Stapel Dosen war durcheinander gekollert.

»Westfälische Rotwurst«, las Wolli laut. »Nach Gutsherrenart. Mindestens haltbar bis Siehe Deckel.« Er sah auf den Deckel. 9/91. Demnach war das Zeug ... »Drei Monate drüber!« Er merkte, wie ihm das Blut in den Hals kroch.

Langsam, langsam. Ganz ruhig. Zwei Möglichkeiten. Er konnte jetzt nachsehen, ob Kutschera noch da war, und ihm was auf die Augen geben. Dann war er den Job los, und Chris hockte allein hier. Oder ...

Im Laufschritt hetzte er unters Dach, kramte die Minox aus dem Nachtschrank und flitzte zurück.

Das Blitzlicht knisterte noch, als Karin hereinkam.

»Jetzt hab ich glatt vergessen, der alten Brehme ihr Abendbrot zu bringen. Ach, ich schmiere ihr einfach ein Butterbrot.«

»Jau«, sagte Wolli und ließ die Minox in die Kitteltasche gleiten. »Wenn du'n milden Richter findest, läßt er's dir vielleicht als Sterbehilfe durchgehen.«

»Du immer mit deinem Gemaule.«

»Und warum bringst du dir dein Essen von zu Hause mit?«

»Weil ich ...«

»Spar's dir.« Er wartete keine Antwort ab, sondern stieg hinauf in sein Zimmer und versteckte die Kamera im Bettzeug. Dann warf er den Kittel ab und schlüpfte in seinen Trench. Was er jetzt brauchte, kam gewöhnlich aus Flaschen.

Als er vors Haus trat und sich eine Zigarette ansteckte, sah er gegenüber Licht brennen. Irgendwie zog es ihn an. Er klappte den Kragen vor den Hinterkopf und stapfte los. Wolkenfetzen jagten vor einem fetten Halbmond über den Himmel. Saukalt war es. Das Gras machte ihm die Jeansbeine naß. Andere Leute saßen jetzt vor einem frisch Gezapften und ließen es sich gut gehen.

Er trat leise auf die Terrasse und lugte um die Ecke. Und da saß sie. Saß da im Schneidersitz. In diesen engen Leggins und dem schwarzen, viel zu weiten Pullover. »Dressed to kill.« Im Licht der Stehlampe schimmerten ihre blonden Zottelhaare wie ... Ja, stimmte doch. Wie Gold. Na und? Und wenn sie sich nach vorn beugte, wie jetzt, rutschte ihr eine Strähne in die Stirn. Die sie dann wie ein Macker aus dem Mundwinkel wegblies.

O Mann! Ihm wurde ganz anders.

Er war ein Arsch. Und was für einer. Da ließ er diese Frau sausen. »Du Puddingfott.« Er hatte ja immer gedacht, sie würde ihn doch noch mal nehmen. Irgendwann, später. Wenn er vielleicht... naja, reifer geworden wäre. Oder so. Aber jetzt? Wo er schlimmer dastand als vorher?

»Ach, Scheiße!«

Er wandte sich ab, stolperte zurück zum Heim und warf sich in den Ascona. Erdklumpen flogen gegen die Radkästen, als er mit durchdrehenden Reifen vom Hof schoß.

Auf dem Birkenhof nahm er fast den Jägerzaun mit.

»Gemach, mein Freund«, sagte Benno und ließ ihn ein. »Was treibt dich in meine Arme?«

»Unerfüllte Liebe«, knurrte Schröder und warf sich auf eins der Sofas.

Das Kaminfeuer warf flackernde Schatten. Schröder legte die Füße auf den Tisch. Im Hintergrund rumorte Freund Benno im Gläserschrank. »Du bist ein...«

»Kein Wort.« Schröder hob beide Handflächen und ließ sie auf die Tischplatte knallen.

Der Hausherr brummelte was, stellte ihm ein Glas hin und goß es randvoll. »Deine Tragik ist, du hältst schon die Absicht für den Erfolg.«

Schröder zog sich den Wein rein.

»In medias res. Frauen wollen Resultate.«

Bevor die Situation in Richtung Tiefenpsychologie und Erika Berger abrutschte, zeigte Wolli auf sein Glas. »Was ist mit Axel Bruns?«

»Er hat noch kein Geständnis abgelegt. Ach...« Benno knubbelte ein Zettelchen aus der Hemdtasche. »Ich habe mal Oma Lenes Hausarzt gefragt.« Er hielt das Papier ins Licht.

»Myokarditis im fortgeschrittenen Zustand. Durch Virose hervorgerufen. So geht das Wort.«

»Und?«

»Das sagen die Weißkittel, wenn sie eine Entzündung des Herzmuskels meinen. Kann sehr schnell gehen. Paar Tage, und der mit der Sense ist da.«

»Ob man so was böswillig herbeiführen kann?« überlegte Wolli.

»Klar«, sagte Benno. »Wenn du ein Virus bist.«

****

»Eine Maschine?«

»Zur Kräftigung der Bauchmuskulatur.« Juliane drückte ihr einen Briefbogen in die Hand. »Die Firma sitzt in Stoppenberg. Nehmen Sie sich jemanden aus dem Heim mit, der Ihnen hilft. Das Gerät ist ziemlich schwer.«

Spontan drängelten sich ein paar scharfe Bemerkungen um Christianes Stimmbänder. Von wegen: »Wenn Sie glauben, ich mach Ihnen den Sherpa, dann . . .«, gespickt mit einigen guten Ratschlägen. Doch wieder einmal meldete sich ihr Kleinhirn. Das war eigentlich die Gelegenheit, endlich mal in Ruhe mit den Jungs zu reden.

»Sie gehen aber nicht ans Telefon oder an die Tür«, sagte sie und warf ihre Jacke über.

»Keine Sorge.« Juliane reichte ihr die Autoschlüssel. »Martha und Lissi sind ja noch im Haus.«

Chris kuschelte sich ins Coupé und fuhr rüber zum Heim. Wenn dieser Auftrag mal erledigt war, würde einiges nicht mehr wie früher sein. Zum Beispiel die Unbefangenheit, mit der sie bisher in einen 79er Datsun Cherry gestiegen war.

Auf Margot Olschewsky und ähnlichen Horror vorbereitet, betrat sie das Abendrot. Doch von Gorgo keine Spur. Statt dessen entdeckte sie einen Rücken, der sich langsam aus dem Flur schob. Sie tippte ihm auf die Schulter.

»Hah!« Schröder fuhr zusammen wie ein Blitzableiter bei der Arbeit.

»Na, Herr Schröder? Auf dem Rückzug?«

»Chri ... Froll ... Frau Ullmann, hehe. Netter Anblick.«

»Sie sollen mir helfen, ein Sportgerät aus der Stadt zu holen.« Leise fügte sie hinzu: »Wir müssen uns mal mit Benno besprechen.«

Wolli warf mit konspirativen Blicken um sich. »Nowak hockt seit zwei Stunden im Büro. Ich würd verdammt gern wissen, was der da macht.«

»Tja ... eh.«

»Paß auf. Du gehst jetzt rein und ...« Schon wisperte er ihr die Ohren voll.

»Mach ich nicht.«

»Nun komm.«

»Ich mach mir bestimmt in die Hose.«

»Ach was.« Er schob sie in den Flur. »Alles andere überlaß mir.«

Chris pumpte Luft, klopfte und trat ein.

Kußmündchen saß am Schreibtisch, einen Karteikasten und einige verstreute Karten vor sich.

»Morgen, Herr Doktor. Hätten Sie vielleicht ...« Sie drückte die Finger gegen den Hals. »...zeihung. Eine Sekunde für mich?«

»Ja, guten Morgen.« Diese Lippen!

Wie von selbst verschwanden Christianes Hände auf dem Rücken.

»Was ist denn mit Ihrer Stimme?«

»...gendwas im Hals«, kiekste Christiane und hustete trocken. »Ob ich mich wohl erkältet habe?» Unauffällig schob sie sich zum Fenster.

»Erkältet. Lassen Sie mal sehen. Machen Sie mal *Aahh.*«

»Aahh«, Chris legte den Kopf in den Nacken. Aus den Augenwinkeln sah sie, wie Schröder sich ins Zimmer schob.

Nowak drückte ihr den Zeigefinger auf die Zunge. Chris

bot alles an Konzentration auf, um ihr Zäpfchen zu beruhigen.

»Eine leichte Rötung allenfalls.«

Schröder fächerte die Karten auseinander und las mit schräggelegtem Kopf.

»Da kit...«, Chris schluckte, »... kitzelt irgendwas.«

»Kitzelt was. Also, ich kann nichts sehen.«

Schröder blätterte im Karteikasten.

»Ich verschreibe Ihnen zur Vorsicht etwas Salbei zum Gurgeln.« Er wandte sich um. »Die Hausmedizin ist ja doch das Beste, was ...«

»Oh!« Chris knickte weg, schnappte nach seinem Arm.

»Herrjeh! Ist Ihnen nicht gut? Sie schwitzen ja.«

»Danke. Mir war nur so schwindlig und... Oh, verdammt!«

Hinter Schröder erschien jemand! Kutschera!

Geistesgegenwärtig stützte Wolli sich auf den Schreibtisch. »Dauert das noch lange?«

»Was wird das denn hier?« Bert musterte die versammelte Mannschaft.

»Denn hier... Ich habe mal nach Frau Ullmanns Hals gesehen«, sagte Nowak und ließ endlich von ihr ab. »Sie sollten sich vielleicht doch lieber ins Bett legen.«

Chris hielt einen trockenen Hustenanfall mittlerer Dauer für angebracht.

»Ja, was denn?« fragte Schröder. »Wollen Sie jetzt mit mir in die Stadt oder ins Bett?«

Berts Kopf ging von einem zum anderen.

»Entschuldigung.« Der weibliche Mittelpunkt hüstelte zum Abschluß. »Frau Färber meinte, einer der Pfleger könnte mich in die Stadt begleiten. Ich muß da was abholen.«

»Nehmen Sie Dirk.« Mit einer beiläufigen Bewegung klappte Kutschera den Karteikasten zu.

»Dirk wäscht gerade Ihr Auto«, sagte Wolli.

»Na schön. Aber beeilen Sie sich.«

»Vergelt's Gott.« Chris schnippte mit den Fingern. »Dann kommen Sie mal, junger Mann«, krähte sie. »Und ziehen Sie diesen albernen Kittel aus. Da gehen ja die Dohlen hoch.«

»Der alte Berger«, hörten sie Bert hinter sich sagen. »Meinen Sie nicht, der müßte langsam ins Krankenhaus?«

»Krankenhaus. Unsinn«, antwortete Nowak. »Der simuliert doch nur.«

»Meinen Sie?«

»Natürlich. Dafür habe ich einen Blick.«

Reif hatte die Felder weiß überzogen, als Chris den Wagen vorsichtig über den Iländerweg lenkte.

»Wenn Schnee und Eis die Straßen glätten ...«

»... dann wird es Winter. Soll'n wir wetten?«

»Wolli, das war fast wie früher, oder?«

»Never change a winning team.« Er grinste sie von der Seite an, sah dann schnell nach vorn. »Äh ...«

»Und?« fragte sie, bog auf die Straße und startete durch.

»Nowak hat da Berichte eingetragen.« Wolli strich verträumt über das Leder der Innenverkleidung. »Über medizinische Untersuchungen der Alten.«

»Und dafür setze ich mein Leben aufs Spiel?«

»Läßt du mich mal'n Stück fahren?«

»Nix da. Kauf dir selbst einen.«

»Ullmännchen.«

»Nahein.«

»Chrissi-Maus.« Und machte ein Gesicht dazu wie ein kleiner hungriger Kater.

»Zieht nicht.«

»Toll. Alle Welt ist heute wieder nett zu mir.« Sein Kiefer machte Trotzbewegungen. »Mülltonne auf. Schröder rein. Mülltonne zu.«

»Maann.« Entnervt fuhr sie an den Rand und tauschte den Platz mit ihm.

»Wow!« Mit schimmernden Augen ließ Schröder die

Kupplung kommen. »Willkommen in der Oberliga. Heilige Habgier! Das ist ja schöner als Orgasmus.«

»Du mußt es wissen, Chef.«

»Lieber Gott, bitte! Laß mir jetzt Rennecke entgegenkommen! Einmal nur.«

Ab da war ein vernünftiges Gespräch nicht mehr drin. Alle Sekunden lang gab Schröder entweder ein »Stark!« oder »Irre!« von sich. Und er besaß tatsächlich die Stirn, einen Umweg an Renneckes Büro vorbei zu fahren. Im Schrittempo über die Hindenburgstraße. Der Rest an ihm reagierte normal.

Bis nach Karnap kriegte Chris ein gewisses angestrengtes Lächeln nicht mehr vom Gesicht.

»Da steht Benno.« Großartig ließ er die Lichthupe kommen. Im Rückspiegel sahen sie, wie ihnen Bennos 280er folgte. »Wenn du ne Frittenbude siehst, schrei laut. Ich bin seit Tagen nicht mehr satt geworden.«

Chris schrie gellend.

Schröder schnellte vom Sitz, zuckte nach vorn und griff beidhändig durchs Steuerrad. »Ullmann!«

»Da«, sagte Chris und zeigte auf einen Imbißwagen, auf dem *Bei Dieter* stand.

Der Benz rollte aus wie beim Staatsbesuch. Dieter fiel beinahe die Kippe in die Friteuse.

»Wenn ich sage ›schrei‹, dann meine ich eigentlich . . .«

»Ist ja gut.«

Wohl um das Bild nicht kaputt zu machen, parkte Benno sein Auto ein Stück weiter weg. Im Vorbeigehen tätschelte er dem Coupé über den Lack. »Geklaut?«

»Da frißt sich Neid durchs Mienenspiel, was?« Schröder hängte sich an den Tresen. »Für mich zwei Doughnuts.«

Mit unbewegter Miene nahm Fritten-Dieter die Kippe aus dem Mundwinkel und schnipste sie über Schröders Kopf auf den Bürgersteig. »Sind aus.«

»Kirschkuchen?«

Dieter legte beide Hände auf die Platte.

»Okay. Dann nehm ich ne Currywurst mit Doppelt-Pommes rot-weiß und zwei Schaschlik.«

»Ist'n Wort«, sagte Dieter und schüttete aus einem Papiersack einen Haufen fahlgelber Fritten ins Edelstahl.

»Einen Kaffee«, sagte Chris. »Schwarz.«

Beim Anblick der eingetrockneten Soßenhäute sprang Bennos Kehlkopf über die volle Länge. »Ein Wasser.«

»Und ein Pils«, orderte Wolli.

»Gibt's einen besonderen Grund für euer Erscheinen?« Der Dicke stampfte zu einem der Stehtische, die neben dem Frittenwagen aufgestellt waren.

»Wir müssen mal Tacheles reden«, sagte Chris und folgte ihm mit ihrem Kaffee. »Das hier habe ich gestern nachmittag auf der Fußmatte gefunden.«

Mit einem Blick auf den Zettel setzte Schröder gluckernd die Flasche an. »Was'n das?«

»Eine Todesanzeige.« Benno las halblaut. »Nach langem, schwerem Leiden wird am Pünktchen, Pünktchen, Pünktchen unsere gehaßte Juliane Färber von uns gehen.« Er kramte ein Pfeifenbesteck hervor. »Der Typ ist ja kopfkrank.«

»Aus Zeitungsausschnitten.« Wolli rülpste donnernd. »Oh, tschuldigüngchen. Hat Juliane das gesehen?«

»Nee. Gott sei Dank nicht.«

»Currywurst ist fertig«, rief Dieter von hinten.

Die Gier im Gesicht, sprintete Schröder an Dieters Tresen und schnappte sich zwei müffelnde Pappschalen. Noch im Gehen zog er mit den Zähnen eine Fritte aus der Glitsche, die ihm prompt vors Kinn klatschte.

Ächzend trat der Dicke einen Schritt vom Tisch zurück. »Um wieviel Uhr war denn das?« lenkte er ab.

»Gegen halb fünf.«

»Da war Axel noch im Emscherpark.«

»Mist.« Chris porkelte ihren Halfzware aus der Tasche und drehte sich eine. »Dann fällt er also aus.«

»Der hat seinen Papa kein einziges Mal besucht», mampfte Wolli. »Warum sollte er da den Engel der Rache spielen?«

»Wenn es überhaupt was zu rächen gibt.« Unter enormer Rauchentwicklung brachte Benno seine Pfeife in Gang. »Wilhelm ist an einem entzündeten Herzmuskel gestorben.«

›Und wenn Nowak einen falschen Totenschein ausgestellt hat?‹ interviewte sich Chris. ›Nee, nee. Jetzt werd mal nicht albern, Mädchen.‹

»Zweimal Schaschlik«, tönte es vom Wagen.

»Jau.« Wolli holte sich die dritte Schale. »Und tu mir noch'n Pils.« Er patschte die Spieße in die Mayonnaise und kippte die rötliche Brühe über das Ganze.

»Schröder, du Vieh!« Benno drehte sich mit verzerrtem Gesicht zur Seite. Für einen Moment hatte er anscheinend den Faden verloren. »Hinzu kommt«, sagte er langsam durchatmend, »Axel hat kein Auto. Und wahrscheinlich auch kein Geld, um ständig nach Werden zu fahren.«

»Kutschera?« Chris pflückte sich einen Tabakkrümel von der Zunge.

»Hat den ganzen Nachmittag mit Nowak im Büro gesessen«, sagte Wolli. Dabei stopfte er sich etwas in den Mund, das nach einer schweren Hirnverletzung aussah.

»Bleibt Katja.«

Kopfschütteln bei beiden Jungs.

»Juliane Färber ist verfolgt worden«, gab der Dicke zu bedenken. »Ist sogar einmal ausgestiegen. Die hätte doch den Porsche am Geräusch erkannt.«

»Also war es keiner, und wir bilden uns alles bloß ein.« Wütend drückte sie ihre Zigarette in den Soßenrest.

»Eh, die wollte ich noch nehmen.« Wolli legte schützend die Arme um seine Pappdeckel. »Übrigens, ratet mal, was auf den Karteikarten stand.«

»Welche Karten?« fragte Benno.

»Aktion Roter Hals.« Chris setzte ihn kurz über das morgendliche Abenteuer ins Bild.

»Aha. Und was ist mit diesen Untersuchungen?«

»Nix.« Schröder wischte ein Knäuel aus glasigen Zwiebeln, Pommes und Fleischfasern durch die rot-weißen Schlieren und verschlang es.

Benno sah Chris an. Chris lächelte hilflos.

»Den Eintragungen nach ...«, ein Bäuerchen unterbrach Schröders Auskunft, » ... hat Nowak gestern nachmittag ein Dutzend Oldies gecheckt.«

»Na, und?«

»Wie will er das gemacht haben? Wo er den ganzen Nachmittag bei Kutschera im Büro war?« Er setzte die zweite Flasche an, trank und stöhnte. »Hah ... Ist das schön.«

»Okay«, sagte Chris. »Die beiden bescheißen die Krankenkassen. Nur, was hat das mit dem Psychoterror zu tun?«

»Tja«, gab Benno paffend von sich.

Schröder gähnte, kratzte sich am Bauch und guckte bräsig in die Gegend. Verdauen und Denken liefen bei ihm nie parallel. »Wer ist die Schlüsselfigur, fragen wir uns. Wer? Etwa der Mann von Mr. Minit?«

Frau Ullmann war nicht gewillt, Flapserei aufkommen zu lassen. »Fest steht, Juliane, Bert und Nowak stecken unter einer Decke. Jeder weiß von jedem, jeder ist für jeden gefährlich. Aber jeder ist auch darauf angewiesen, daß die andern dichthalten.«

»Jaja«, sagte Schröder.

»Und doch wird sie massiv bedroht.« Nachdenklich klopfte Benno seine Pfeife auf der Hand aus. »Von wem?«

»Ich glaube, Juliane will das gar nicht wissen.«

»Ich aber«, sagte Benno. »Soll ich mir mal die Tochter vornehmen?«

»Katja?« Chris verzog das Gesicht. »Sie ist ein Biest, sicher. Aber sie erbt doch sowieso mal alles.«

»Vielleicht will sie das beschleunigen?«

»Ach was.« Sie packte ihren Tabak ein. Wurde langsam Zeit. »Juliane steckt ihr das Geld vorn und hinten rein.«

»Trotzdem«, sagte Benno und schob die Pfeife hinter den Gürtel. »Gib mir mal ihre Adresse. Wie sieht sie denn aus?«

»Einssiebzig, schlank. Kurzes, braunes Haar.«

»Besonderes Kennzeichen?«

»Porsche 944, rot.«

»Gut.« Er nickte versonnen. »Dann brechen wir Axels Observation also ab?«

»Leider. Und es hätte so schön gepaßt.« Chris klopfte dem träumenden Schröder auf den Rücken. »Wölfchen. Aufstehen.«

»Gibt ja noch mehr, die in Frage kämen«, sagte er als Beweis, daß er wenigstens zugehört hatte. »Drei Dutzend feixende Rentner reiben sich die Gichtfinger.«

»Und der Nightmare von neulich nachts? Das war mit Sicherheit keiner von den Grauen Panthern.« Sie hakte sich zwischen die beiden. »Ach, eins noch. Das Honorar wird durch drei geteilt.«

»Kommt nicht in Fr...«

»Denk an den nächsten Hunger«, sagte Benno. »Wind ums Maul ist ein schlechtes Frühstück.«

****

Ein Luftzug drückte den Vorhangstoff ins Zimmer und ließ die Terrassentür dumpf gegen die Wand schlagen.

»Juliane? Es geht langsam zu Ende.«

Mit eingefrorenem Grinsen starrte der livrierte Mohr hinaus auf die Rasenfläche, die vom dunstigen Licht halb verschluckt wurde.

»Jetzt, wo ich bei dir bin. Ganz nah bei dir.«

Kein Laut drang durchs Haus.

»Viel näher, als du zu denken wagst. Weil ich an dir klebe.«

Auf dem Sofa raschelte eine vergessene Zeitschrift. Leise, eine winzige Vibration zuerst, zog ein feiner Ton durch die Räume.

»Wie Haut klebe ich an dir. Und du hast keine Ahnung, wer ich bin.«

Fernes Singen. Gläserne Sopranfetzen.

»Aber keine Angst. Du wirst es erfahren.«

Ein Anschwellen von Musik.

»Wenn ich hinter dir stehe. Gleich. In ein paar Minuten. Du Miststück.«

Dröhnende Akkorde! Aufpeitschen von Chorstimmen! Wie eine Flutwelle raste es heran. Durch verlassene Zimmer, über Treppenstufen preßte es sich aus dem Innern des Hauses herauf.

»Wagner!« Juliane Färber warf den Kopf zurück. Ihr aufgelöstes Haar trieb auf dem Wasser. »Wagner! Gott!!« Tosende Musik, die alles verschlang. Jedes Geräusch. Auch die Stimme im Wohnzimmer.

****

Die Sprechstundenhilfe war mit Abstand das Hübscheste, was er seit Wochen gesehen hatte. Und er kam doch wirklich viel rum. Eine Elfe von Mädchen. Zartgliedrig wie ein Porzellanfigürchen.

Er ertappte sich dabei, daß er ziemlich blöd rumstand. »Schönen guten Tag.«

Sie lächelte und entblößte dabei ihre weißschimmernden Zähnchen. »Nu, mein Gutschter? Wo drücktn dor Schuh?«

Benno Korn machte den Mund auf und klappte ihn wieder zu. »Ja, äh ...« Alles, was er hatte fragen wollen, war weg. Er fuhr sich recht hilflos durch den Bart und hob eine Augenbraue. »Dresden?«

»Gähra.« Die Kleine lachte. »Sochense bloß, des hörrt mo?«

»Ach, was«, winkte Benno ab. »Vielleicht ... Wenn man genau aufpaßt. Äh, ja ...« Er riß sich von ihrem Anblick los. »Ich wollte mich mal untersuchen lassen.« Mit beiden Händen patschte er seine Jackentaschen ab. »Na, so was. Jetzt hab ich den Krankenschein vergessen.«

»Gänse gern nochreischn.«

»Ja.« Er sah sich um. »Das mach ich dann wohl.«

»Bidde Ihre Personalschen eintrochen.« Das zarte Wesen drückte ihm einen Vordruck in die Hand und zeigte auf eine Tür. »Und nähmse noch en Sekündschen Platz.«

Benno Korn drückte sich ins Wartezimmer. Das Leben erlaubte sich aber auch Sachen ....

Eine alte Frau musterte ihn.

»Hallo«, sagte Benno. Er setzte sich, faltete die Hände vor dem Bauch und überlegte, wie er vorgehen sollte. Am besten frontal.

Die alte Frau musterte ihn immer noch.

»Nicht viel los.« Er deutete auf die leeren Stuhlreihen.

Sie wiegte den Kopf.

»Sagen Sie. Ist das eigentlich ein guter Arzt? Ich bin nämlich zum ersten Mal hier.«

Die Alte beugte sich vor. »Er verschreibt einem alles«, sagte sie leise. Nickte energisch und setzte sich wieder gerade.

»Ah ja.« Benno blähte die Backen und sah sich um. Vor langer Zeit waren die Wände mal weiß gewesen. Ein Kalender vom Hartmann-Bund. Tischchen mit Resopalplatte. Kniest in den Fugen der Bodenplatten. »Bin vorige Woche schon mal hiergewesen.«

»Ich hab ja ein offenes Bein.«

»Oh, tut mir leid«, sagte er. »Vorige Woche ...«

»Und der Doktor hat so eine wundervolle Salbe.«

»Vorige Woche war er wohl noch im Urlaub.«

Die alte Frau guckte erstaunt. »Wie kommen Sie denn darauf?«

»Weil ... Die Praxis war doch geschlossen. Oder?«

»Unsinn«, sagte sie. »Ich war ja selbst noch hier.«

»Vergangene Woche? Ah ja.« Er stand auf. »Alles Gute für Ihr Bein.«

Die Elfe aus Gera ließ ihre Wimpern flattern, als er mit flottem Gruß die Praxis verließ. Zum Reden ließ er ihr keine Zeit mehr. Es hätte ihm nur das Wasser in die Augen getrieben.

Nowak war also nicht auf Teneriffa gewesen, sondern hier in Essen. Was ihn nicht unbedingt zum mörderischen Psychopathen abstempelte. Trotzdem. Sein Alibi war futsch. Wenn er denn mal eins brauchte.

Benno stieg ins kalte Auto und hängte sich in einen frühen Vor-Feierabend-Stau. Als er endlich in Kettwig ankam, dämmerte es bereits. Auf einem Parkstreifen fand er ein Plätzchen hinter einem Glascontainer. Dreihundert Meter weiter weg ragte die Motorhaube des Porsche aus der Einfahrt.

»So. Dann komm mal.« Langsam hatte er es satt, wildfremde Leute zu beobachten. Ohne daß was passierte.

****

Wie immer steige ich von der Rückseite des Parks über die Mauer. Auch wenn es unnötig ist. Aber es macht Spaß, gibt der ganzen Sache einen zusätzlichen Kick. Und Spaß soll es schließlich machen. Wenn schon nicht Juliane, dann wenigstens mir.

Es ist so dunkel, daß ich einen Moment in den Büschen stehenbleiben muß. Nach und nach löst sich das Schwarz auf, werden Einzelheiten erkennbar.

Im hinteren Teil brauche ich nicht achtzugeben. Hierher verirrt sich nie jemand. Jetzt wird es brenzlicher. Hier, wo der Rasen beginnt.

Eine Atemfahne weht mir aus dem Mund. Ich hätte nie gedacht, daß ich solche Mühen auf mich nehmen würde. Nur um sie fertigzumachen.

Juliane hat die Vorhänge zugezogen. Als könne sie damit drohendes Unheil fernhalten. Typisch. Warte nur. Ich werde dich schon aus deinem Bau locken.

Eine Tür schlägt zu.

Schnell zurück in den Schatten.

Es kommt jemand aus dem Heim. Schritte nähern sich hinter der Mauer. Eine Gestalt hebt sich vom Hintergrund ab. Eine Frau. Die Ullmann? Nein. Sie geht langsam an mir vorbei, aufs Haus zu. Der Gong ist bis hierher zu hören. Jemand öffnet. Stimmen. Die Tür schließt sich. Stille.

An den Büschen vorbei husche ich zur Mauer. Drüben im Heim ist alles still. Nur aus einem Fenster im Erdgeschoß schimmert es bläulich. Das Fernsehzimmer. Von dort droht mir keine... Was war das? Licht? Jetzt ist es wieder verschwunden. Da ist jemand im Büro!

Geduckt laufe ich über die Wiese. Schlage einen Bogen. Da! Wieder das Aufblitzen. Von der Seite schiebe ich mich an der Hauswand entlang zum Fenster.

Ein schwaches Geräusch von innen. Jemand öffnet den Schrank.

Mit einem Auge sehe ich hinein. Etwas summt. Ein plötzlicher Lichtstrahl fährt über die Decke. Für den Bruchteil einer Sekunde beleuchtet er ein Gesicht. Schröder! Der kopiert da in aller Seelenruhe! Das darf doch wohl nicht wahr sein.

Soll ich ihn...? Nein. Ich lasse ihn. Es wäre nicht gut, wenn er mich sehen würde. Und was will er da drin schon finden? Jedenfalls nichts, was mir gefährlich werden könnte.

****

»Theo Plischke, Alfons Gutberlet, Mechthild Kempkens. Sieh an, sogar Sophie.« Wolli klappte den Daumen hoch und sprach hinein. »Also Diane. Ich habe hier insgesamt ein gutes Dutzend Berichte. Und alle sind gefälscht.«

Mit der anderen Hand nahm er sich den zweiten Stapel vor. »Vor mir liegen nun sämtliche Personalunterlagen. Wollen wir mal sehen.«

Die Gelegenheit war gerade so günstig gewesen. Kein Aas im Haus und dann dieses Schnappschloß.

»Gertrud, wie wir uns dachten. Hilfspersonal. Dirk, keine Ausbildung. Karin, gelernte Schneiderin. Schröder ... Nun ja. Martha?« Die arbeitete doch gar nicht im Heim. Und Lissi auch nicht. Madam Färber wußte mit Geld umzugehen. Er blätterte weiter. Alles ungelernte Kräfte. Die einzige mit einer Ausbildung zur Altenpflege war ausgerechnet Margot.

Versonnen fächerte Wolli die Blätter auf. Draußen schrie ein Kind. Das Zeug hier war reiner Sprengstoff.

»Damit laß ich euch hochgehen. Bei charming Bert angefangen bis Juliane Fär ... Wieso ein Kind?«

Schröder war schneller vom Bett als die Krabbe vom Startblock. Drüben brannte Licht. Laute Stimmen. Das war doch Chris.

Er hob den Nachtschrank an, wischte die Kopien drunter, hetzte aus dem Zimmer, hetzte zurück und schnappte sich den Trench. Die Treppe nahm er in zwei Sprüngen, die nächste ebenfalls. Schlitternd stoppte er vor dem Eingang. Nanu? Offen? Weiter. Licht flammte hinter ihm auf. Aber da war er schon über den Rasen und hinter der Mauer.

»Nicht!« schrie Chris. »Sehen Sie weg!«

»Diese Drecksau! Ich bring ihn um! Ich bring dieses Schwein um!«

»Frau Färber!«

Wolli hetzte unter den Bäumen durch. »Was ist passiert?«

Die Färber klammerte sich an Chris. Die versuchte ihr den Kopf zur Seite zu drehen. »Nicht hinsehen.«

»Ach, du Scheiße.« Im letzten Augenblick sprang Schröder zurück.

Von Juliane Färber war nur noch ein Wimmern zu hören.

»Bringen Sie sie hoch«, sagte Wolli.

Mit Mühe zwängte Chris die hysterisch zitternde Frau ins Haus.

Hinter Schröder hetzte was heran.

»Was ist denn?« Keuchend kam Kutschera neben ihm zum Stehen. »Da hat doch was geschrien ... Iihh!«

»Passen Sie auf, wo Sie hintreten«, sagte Wolli und ging in die Hocke. Vom Kopf der Katze war nicht viel übriggeblieben. Bis auf die Haustür war das Blut gespritzt. »Der hat sie mit voller Wucht auf die Stufe ...« Er atmete pfeifend aus.

»Ist ja grauenhaft.« Bert würgte.

Schröder konnte nicht erkennen, ob es echt war.

Im Hause klingelte das Telefon. Ohne auf Kutschera zu achten, ging Wolli in die Diele und nahm ab. »Ja?«

»Ist Juliane da?«

»Wer ist dran?«

Leises Lachen.

»Paß auf, Freundchen.« Schröder atmete noch schwer. »Du kannst sicher bis fünf zählen, ja?«

»Wieso? Ja.«

»Gut«, sagte Schröder. »Sobald ich dich erwischt habe, darfst du es mal ohne Zähne versuchen.«

»Du ... du ...« Es klickte. Die Leitung war unterbrochen.

»Wollen Sie das nicht mal wegmachen?« Kutschera stand immer noch reglos vor dem Kadaver.

»Ich?« Er stieg über die Glitsche nach draußen. Der Heimleiter zuckte zusammen, als Wolli die Hände hob und sie ihm lächelnd auf die Schultern legte. Kutschera versuchte, sich frei zu machen. Versuchte es. Eine Sekunde sah Schröder ihm in die Augen. Dann ließ er ihn los und tätschelte ihm die Backen. »Sie sind ja ne richtige Ulknudel.«

»Herr Schröder«, kam es von innen oben. »Wer hat denn da angerufen?«

»Ich weiß nicht, Frau Ullmann. Jedenfalls scheint er keine Katzen zu mögen.«

Chris erschien am Treppenabsatz. »Der muß ja geflogen sein.«

»Och«, sagte Wolli. »So weit ist es zum nächsten Telefon auch wieder nicht.«

Zögernd kam Christiane herunter, ihr Blick fiel auf Minkas Überreste. »Helfen Sie mir? Wir können das schließlich nicht da liegenlassen.«

»Klar«, sagte Wolli und drehte sich um. »Was meinen Sie, Herr... Oh!«

Kutschera war verschwunden.

****

»Es geht langsam zu Ende. Dir bleibt nicht mehr viel Zeit. Jetzt, wo ich bei dir bin. Ganz nah bei dir. Viel näher, als du zu denken wagst.«

Chris schaltete den Anrufbeantworter ab.

War das Bluff? Natürlich. Oder? Sie spulte weiter.

»... wenn ich hinter dir stehe. Gleich. In ein paar Minuten. In ein paar Minuten. In ein paar Minuten.«

Sie spulte ein ganzes Stück vorwärts.

»In ein paar Minuten. In ein paar Min ...«

Ihr Finger tippte wie von selbst auf die Taste. Das ganze Band voll. Der hatte das ganze Band vollgesprochen. Und immer nur diesen Satz.

»Der Typ ist aus Hartholz.«

Jedenfalls war diese Drohung Bluff. Er hatte gehofft, daß Juliane es hören würde. Daß sie Angst bekommen würde.

»Ein Spinner.« Sie steckte sich eine Zigarette an. Wirklich nur ein Spinner? Die Anrufe, okay. So was gab es. Das Foto, ein schlechter Scherz. Die Todesanzeige, naja. Aber der Klingelterror. Und jetzt das mit Minka. Das war ernst zu nehmen. Steigerte er sich langsam? War das seine Strategie? Hatte er überhaupt eine?

»Ach, verdammt!« Wie war der Kerl nur zu fassen? Wo es jeder sein konnte, aber keiner in Frage kam?

»Christiane.«

Sie drehte sich um. Juliane stand hinter ihr. Ihr Gesicht war blaß, trotz der Schminke.

»Sie wollten sich doch hinlegen.« Chris versuchte, sie ins Wohnzimmer zu führen.

»Nein, nein.« Die Färber zog sie ans Fenster. »Schauen Sie mal. Der Wagen. Da stimmt doch was nicht.«

Chris konnte beim besten Willen nichts erkennen. »Ich seh mal nach.«

Sie ging nach draußen.

Das Coupé stand flach auf den Felgen.

»Gleich alle vier.« Chris sah über die Schulter.

Die Färber preßte die Finger an den Mund.

****

»Verdammt guter Kaffee.« Begeistert nippte Schröder am Becher und schob ihn weit weg.

Dirk wagte nicht mal, vom Tisch aufzusehen. Seit ihrem letzten Gespräch war er irgendwie wortkarg geworden.

»Und dieses nahrhafte Frühstück. Was ist das unter dem Ei? Getoasteter Bierdeckel?«

»Wolfgang«, sagte Karin.

»Moment. Das ist gar kein Ei.«

»Wolfgang!« Diesmal kam es eindeutig aus dem Flur.

»Ich komme«, rief er und stand auf. »Wieder so ein Morgen, wie ich ihn mag. Frühstück in behaglicher Atmosphäre, nette Kollegen, freundliche Vorges ...«

»Wolfgang! Herrgott noch mal!«

Er trabte aus der Küche und rannte beinahe Theo über den Haufen, der in Malerkluft nach drüben aufbrach.

»Die ist wohl sauer auf dich.«

»Ach was«, lächelte Wolli. »Nicht jeder mag seine Zuneigung offen zeigen.«

Die Olschewsky stand vor dem Büro. Die Arme in die Hüften gestützt. »Was dauert das denn so lange?«

»Ich saß gerade beim Frühgestückel, Schwester Oberin. Wo darf ich die helfende Hand anlegen?«

»Kopieren Sie mir das mal.« In ihrer unvergleichlichen Art und unter heftigem Klickern wies ihr Kinn auf den Schreibtisch. Wo ein Stapel Karteikarten lag.

Wolli griff sich die oberste und drehte die Schrift zu sich.

»Kopieren. Nicht lesen.«

»Ah so.« Die Zunge zwischen den Lippen, drückte Schröder auf einen der Knöpfe am Kopierer. Es brummte noch einmal, dann gingen alle Lichter aus. »Oh, das war das falsche Knöpfchen. Nun denn. Wie steht's mit diesem?«

»Herr Schröder?«

»Ehrwürdige Mutter?«

Sie hatte die Arme vor der Brust verschränkt. Und einen Blick drauf, der schon fast an Körperverletzung grenzte. Mit etwas Übung konnte sie damit bestimmt ne LP zerkratzen. »Es ist gut.«

»Na, dann ist ja gut«, sagte Wolli und schickte sich zum Gehen. Wenn die gedacht hatte, sie könnte ihn leimen... Den Kopierer hätte er letzte Nacht allerdings wirklich ausschalten sollen. Böser Junge, böser.

»Sie können dann gleich jemanden baden.«

Schröder atmete schwer. »Den General vom zwölften Infanterie-Regiment? Wieso ist der schon wieder dreckig?«

»Unsinn.« Margot machte eine unbestimmte Bewegung den Gang hinunter.

Schröder spähte um die Ecke. Vor dem Bad hockte eine Greisin im Rollstuhl. »Sie machen Spaß, gell? Das da ist eine Frau.«

»Und?«

»Und ich bin ein Mann«, lächelte Wolli. Er glaubte es immer noch nicht so ganz.

»Die kann froh sein, wenn sie überhaupt gebadet wird.« Drehte sich um und verschwand im Büro. »Mitten in der Woche.«

Verschiedentlich war Schröder der Gedanke gekommen, ihr einfach mal eine zu knallen. So auch jetzt.

»Ach, was ich immer fragen wollte«, sagte er. »Die roten Knöpfe an den Duschen? Sind die wirklich für Warmwasser oder fürs Gas?«

Die Tür flog ihm fast ins Kreuz.

»Versteht einfach keinen Spaß.« Er straffte den Rücken und ging zum Bad. »Mein Gott, Sie zittern ja.«

Die Oma wackelte mit dem Kopf. Knochige Schultern zeichneten sich unter dem dünnen Nachthemd ab. »Die Biester haben mich hier einfach stehenlassen.«

Schröder stieß die Tür auf und schob den Rollstuhl hinein. »Kein Grund zur Panik. Erst mal die Heizung auf voll.« Er drehte den Thermostat bis zum Anschlag auf, nahm einen Bademantel und hängte ihn ihr über die Schulter.

»Sie müssen der Herr Wolfgang sein.«

»Für Sie nur Wolfgang, gnädige Frau.« Er guckte in die Wanne. »Bah! Da ist ja noch Schmand vom letzten Mal drin.«

»Sie, Wolfgang.« Oma kniff die Augen zusammen. »Sollen Sie mich etwa baden?«

»Die Frage hab ich erwartet«, sagte Wolli. »Unser Margot stellt sich das wohl so vor.«

Die alte Frau kicherte. »Vor fünfzig Jahren hätte ich nicht nein gesagt.«

»Nicht daß Sie falsch über mich denken.« Schröder legte ihr noch einen Bademantel um. »Was Frauen angeht, würde ich mich sogar eher als wild und feurig bezeichnen.«

»Hehehe«, machte die Oma. »Ich fürchte, da wäre ich doch nur eine Enttäuschung für Sie.«

»Wir sprechen eine Sprache«, sagte Wolli. »Widerstehen wir also der Versuchung. Später einmal werden wir froh darüber sein.« Er wickelte ihr einen dritten Bademantel um die kalten Beine. »Ich mach nur fix sauber und hol dann Karin.«

»Die ist noch die Beste von allen.« Kopfwackelnd sah Oma ihm zu, wie er die Wanne abduschte. »Biester sind das. Besonders die Olschewsky.«

»Da sagen Sie was.« Wolli geizte nicht mit Scheuerpulver

und fing an zu schrubben. Die Armaturen sahen direkt modern aus. Platin-Finish nannte man das. Der Lappen belehrte ihn eines Besseren. Es war Dreck.

»Tilde sagt, Sie hätten nach Wilhelm Bruns gefragt.«

»Andersrum. Sie hat mir was erzählt.« Er spülte die Patina in den Abfluß. »Daß mit seinem Tod was nicht stimmen soll. Glauben Sie da etwa auch dran?«

»Weiß nicht«, sagte Oma. »Jedenfalls hat die Färber einen Riesenstreit mit seinem Sohn gehabt. Kurz nachdem Wilhelm gestorben war.«

Polternd fiel die Dusche ins Emaille, eine Fontäne spritzte gegen die Decke. »Axel?« Er drehte die Sintflut ab. »Mit Axel?«

Oma nickte.

»Und warum?«

»Das weiß ich nicht. Lissi hat mir nur erzählt, daß der Axel Hausverbot gekriegt hat.«

»Ist das wahr?«

»Soll ich schwören?«

»Mensch!« Wolli packte das Muttchen und schmatzte ihr ein Küßchen auf die Wange.

»Eh, eh ...«

»Wild und feurig. Das war nicht bloß so'n Spruch.« Schon war er an der Tür. »Eine Minute. Dann ist Karin da. Und einen schönen Tag noch.«

Er stürmte raus und rannte in die Küche.

Karin ließ sich überreden, wenn er ihr dafür heute nachmittag ...

»Klar, mach ich«, sagte Wolli, ohne hingehört zu haben. »Gibt nichts, was ich nicht mache.«

Während Karin abschob, steckte er eine Zigarette in Brand. Axel Bruns. Der ein handfestes Alibi für die Sache mit der Todesanzeige hatte. Der angeblich kein Motiv besaß.

»Na. Jetzt hat er eins.«

Fragte sich nur, wie sie ihn kriegten. Wieder Benno auf

ihn ansetzen? Und dann? Wie wollte der Dicke jemanden beim Telefonieren erwischen, der im dritten Stock wohnte? Nee, nee. »Hannes«, sagte Wolli leise.

Hastig warf er die Kippe in seinen immer noch herumstehenden Kaffee, und raus war er.

Die Pförtnerloge war leer, wie es sich gehörte. Und die Leitung frei. Schröders Zeigefinger stach in die Wählscheibe. »Petra? Ist Hannes da? Egal. Hör mal.«

****

»Unser Wolli.« Chris sah dem Chef nach, wie er im Heim verschwand. »Für sein Alter ist der Junge noch hart drauf.«

Wenn das mal nur funktionierte …

»Nanü? Ein Auflauf?«

Vor dem Haus zeterte Juliane herum. Martha knetete ein Staubtuch zwischen den Fingern. Auch Lissi stand ziemlich betreten rum. In der Tür tauchte Theo auf und wischte sich über die Stirn. Kutschera hatte die Hände in den Hosentaschen und ging langsam um den Mercedes herum.

»Auf meinem eigenen Grund und Boden!« zeterte die Färber. Sie wurde Chris gewahr. »Sehen Sie sich das an. Der Kerl muß doch ständig irgendwo in der Nähe sein. Warum tun Sie denn nichts?«

Jetzt war aber gut. »Weil Sie mich ständig daran …« Ehe Chris den Satz raus hatte, war Juliane ins Haus gelaufen.

»Zum zweiten Mal an einem Tag«, jammerte Martha.

Der Benz kauerte auf platten Gummis.

»Zerstochen«, sagte Kutschera. Er schlenderte an ihr vorbei. »Wer das wohl war?«

Auch die anderen verzogen sich nach und nach. Selten war Christiane sich belemmerter vorgekommen. Was hätte sie denn tun können? »Ach, Lissi. Kommen Sie doch mal.«

Die treue Seele wischte sich die Hände an der Schürze ab.

Chris dirigierte sie ein Stück vom Haus weg. »Was war

denn das für ein Streit? Zwischen Axel Bruns und Frau Färber, meine ich.«

»Ich ...« Friemeln an den Fingernägeln. »Ich weiß nicht.«

»Kommen Sie. Sie haben doch bestimmt was gehört.«

»Nein. Ehrlich nicht. Der Doktor hat ja gleich die Tür zugemacht.«

»Nowak?«

Lissi schüttelte die Dauerwelle. »Nein. Der Herr Dr. Bertram. Frau Färbers Anwalt.«

Sieh an. »Und der ist extra deswegen hergekommen?«

Schulterzucken. »Der junge Herr Bruns war jedenfalls noch nicht lange bei der gnädigen Frau, als er kam.«

War Schröder also auf der richtigen Spur.

Ein Motorengeräusch unterbrach sie. Vor der Einfahrt hielt ein tuckernder Diesel. Auf der Tür prangte quer *Irmchens Taxi-Gang.*

»Ist gut«, sagte Chris und ging zum Tor.

Schreien und weglaufen! war ihr erster Gedanke. Jedesmal reagierte ihr Nervensystem gleich.

»Hi.« Ausdruckslose Augen, das Gesicht starr wie eine Maske. Nur die Kiefer mahlten. Gegen den ging Keith Richard als Weichspüler durch. »Hab da was für dich.« Er spuckte sein Tschuing-Gamm in die Büsche und nahm eine Plastiktüte vom Rücksitz.

»Du bist vielleicht'n fixer Junge, Hannes.« Sie lugte in die Tüte. »Muß ich da vorher was auseinanderbauen?«

Seine Hand packte ihr Gelenk. »Das da klebst du einfach auf den Apparat.« Damit hielt er einen Klebe-Pad hoch, von dem ein dünner Draht abging.

»Aha, aha.«

»Batterien sind drin. Frequenz im Funkgerät hab ich eingestellt.« Er ließ sie los, legte den Finger an die Stirn und stieg ein. »Wenn du nicht klar kommst, ruf an.«

Chris winkte kurz und trollte sich. Daß Petra so was in ihr Bett ließ. ›Die Geschmäcker sind verschieden.‹

Sie verstaute alles im Dielenschrank und rief bei der Tankstelle an. Ob vielleicht jemand rauskommen könne. Ja. Schon wieder. Nein. Kein Scherz. Ja. Danke.

Aus dem Wohnzimmer klimperte es klassisch. Auch der Port bewegte sich wieder im Glas.

»Es ...« Chris räusperte sich. »Es tut mir leid.«

»Schon gut«, sagte die Färber, ohne aufzusehen.

»Ich hab jetzt vielleicht eine Möglichkeit, den Typen zu überführen. Wir brauchen Bruns nur ...«

»Wen?« Juliane unterbrach ihr Spiel.

»Bruns«, sagte Chris. »Axel Bruns.«

»Wer soll das sein?« Juliane goß nach und trank. Dann goß sie nochmals nach.

»Der Sohn von Wilhelm ... Frau Färber.«

»Ich kenne niemanden mit diesem Namen.« Sprach's, stellte ihr Glas ab und griff in die Tasten.

Chris zog Luft durch die Nüstern. »Kurz nachdem Wilhelm Bruns gestorben war, hatten Sie einen mordsmäßigen Streit mit seinem Sohn Axel. Hier in diesem Haus. In Anwesenheit Ihres Anwalts Dr. Bertram.«

»Was soll das?« Wie ein Kastenteufel schoß Juliane vom Stuhl. »Was unterstehen Sie sich, in meinen Angelegenheiten zu schnüffeln?«

»Ich verbitte mir diese Ausdrucksweise. Ein für alle Male, Frau Färber«, keifte Chris los. »Recherchieren gehört zu meinem Beruf. Wenn ich den Kerl stellen soll, der Sie bedroht ...«

»Sie sollen auf mich aufpassen! Und? Tun Sie das?«

»Ich kann weder Sie noch Ihr Auto, noch sonstwas in eine Vitrine stellen. Wir müssen den Typen greifen, sonst hört das nie auf.«

»Was Sie müssen, bestimme immer noch ich.«

»Das können Sie sich abschminken.« Bis zehn zählen ging nicht. Sie kam nicht mal bis drei. »Es ist gekündigt, gnädige Frau.«

»Christiane!«

Jetzt kam sie doch tatsächlich hinter ihr her.

»Christiane! So nehmen Sie doch Vernunft an.« Hände griffen nach ihr. »Sie können mich nicht einfach im Stich lassen.«

Chris schnellte um die Achse. »Ich hab dieses Spielchen satt. Bis hier hin.« Ihre Handkante zeigte die ungefähre Einfüllhöhe an. Sie lag knapp unter dem Kinn.

»Bleiben Sie! Bitte!« Jetzt zerrte sie auch noch an ihrem Ärmel rum.

»Ach ja? Und wie geht's weiter? Wir sitzen still da und warten ab? Und Sie werfen mir weiter Knüppel zwischen die Beine?«

»Das will ich ja gar nicht«, sagte Juliane leise und strich ihr fortwährend über den Arm. »Ich verspreche es Ihnen.«

Chris ließ Luft ab. »Ein letzter Versuch. Aber wir spielen nach meinen Regeln.«

Die Färber schluckte und nickte in einem. »Was wollen Sie denn machen?«

»Als erstes zapfe ich Ihr Telefon an.«

Julianes Kinnlade fiel der Schwerkraft zum Opfer.

****

»Schwielen am Arsch und Kohldampf«, knurrte Benno Korn und versuchte, sich mal anders hinzusetzen. Ging nicht. Er hatte mitgezählt. Es gab präzise zwölf Möglichkeiten. Die hatte er längst durch.

Halb fünf. Länger als acht Stunden hockte er nun hier rum. Und der Porsche hatte sich nicht mal vom Fleck gerührt.

»Tut mir leid, Chris.« Er startete. Das Motoröl mußte so steif sein wie sein Kreuz. Jedenfalls tat sich nichts. Beim siebten Mal hüstelte es in den Tiefen der Karosserie. Im Haus gegenüber bollerte jemand erbost gegen die Fensterscheibe. »Bin ja gleich weg.«

Endlich, einige Versuche später, sprang er an.

Flott ging's über die Felder runter ins Ruhrtal. Die Heizung kam, und Bennos Laune stieg. Bis zur Werdener Brücke, als er den Stau sah.

»Mgrrumpff!« Wie wäre sein Leben wohl verlaufen, wenn er Schröder nie kennengelernt hätte? Unvorstellbar.

Im Dunkeln kam er auf dem Birkenhof an. Vor Oma Lenes Eingang stand ein Audi.

Grund genug, durchs Fenster zu spinsen. Da saß ein fremder Kerl im Wohnzimmer. Schnieke, mit Anzug und weißem Hemd. Und eine Flasche Aufgesetzter stand auf dem Tisch. Die hatte Oma erst gestern von Selma Butgereit bekommen. Für Weihnachten.

Neugierig trat er ein. »'n Abend zusammen!«

»Benno!« Erstaunlich schnell stand sie auf und kam ihm entgegen, ehe er im Zimmer war.

Der Mann im Sessel grüßte höflich.

»Du hast Besuch?«

»De Herr rechnet mir nur de Rente aus.«

»Da hat sich doch nichts geändert.«

»Da ändert sich immer wat.« Und schob ihn in den Flur.

»Oma«, versuchte Benno. »Ist alles in Ordnung?«

»Könnt gar nich besser sein. So, und nu sei'n braven Jung und geh auch schön.«

Verdutzt nahm er zur Kenntnis, daß sie die Haustür hinter ihm zudrückte. Da drin ging doch was vor.

Er kam zu keinen weiteren Überlegungen, weil in diesem Moment Petra neben der Scheune auftauchte. »Ich soll dir was von Hannes geben. Schröder hat angerufen, er hätte einen Plan.«

»Ein Plan? Wieso? Und was ist das hier?«

»Ein Funkgerät.« Sie schob ihn zum Auto. »Du sollst sofort los.«

»Moment!« Benno setzte sich zur Wehr. »Ich habe acht Stunden observiert. Ich habe kaum eine Schnitte Brot im

Leib. Ich kann kein Auto mehr sehen. Ich bin müde und gereizt. Ich bin sogar sehr gereizt!«

»Benno«, sagte Petra. »Hör mir erst mal zu.«

Er hörte zu. Aber seine Laune wurde dadurch nicht besser. Eigentlich geschah genau das Gegenteil.

»Nun mach schon.« Petra gab ihm einen Klaps auf die breite Schulter. »Ich packe dir auch was zu essen ein.«

»Mgrrumpff!«

****

Der Mond war aus den Wolken getreten und tauchte den Park in ein milchig weißes Licht. Frost glitzerte auf dem Rasen.

Schemenhaft bewegte er sich unter den Bäumen hindurch. Unsichtbar. Ein Schatten unter Schatten. Die Augen wachsam ins Dunkel gerichtet. Totes Laub zerknackte unter seinen Schuhen. Er verharrte. Nichts. Leise schlich er weiter. Berstend zerbrach ein Ast unter ihm.

Als Waldläufer war Schröder schon immer eine Null gewesen.

»Miserables Büchsenlicht.« Er kniff die Augen zusammen, was rein gar nichts brachte. »Das ist ja man duster.«

Nicht mal im Heim brannte Licht. Unter der Woche mußten die Alten um halb neun in die Federbetten. Weil dann das Personal Feierabend machte. Gab zwar eine Klingel an jedem Bett. Aber keine Nachtschwester. Nur Martha und Lissi, die unterm Dach wohnten.

»Wenn da mal was passiert.« Schröder tapste weiter und klappte den Daumen aus. »Es ist zwanzig Uhr dreiundfünfzig, Diane. Die Nacht ist schwarz und klirrend. Ich will versuchen, den Kerl auf frischer Tat zu ertappen. Und dann gibt's eitrige Zähne. Zweireihig.«

Er blieb stehen. Da vorn war was. Da war nicht nur was, da lief eine Figur durch die Nacht. Schröder checkte die Lage aus den Augenwinkeln. Er konnte unter den Bäumen bis zu

Julianes Haus laufen. Oder den Kerl von der anderen Seite angehen. Über den Rasen und …

Der Typ kam geradewegs auf ihn zu.

Schröder krallte seine Nägel in die Borke.

Schritte näherten sich.

Jetzt! »Servus.« Mit einem Satz war er aus dem Schatten raus.

»Meine Güte!« Kutschera macht einen Satz. »Sind Sie verrückt?«

»Ich vertrete mir nur ein bißchen die Beine«, sagte Wolli. Er kramte was aus der Manteltasche. »Und Sie?«

»Ich geh immer nach dem Abendessen raus.«

»Da sind Sie aber schon lange unterwegs.«

»Ich habe mich mal umgesehen«, sagte Bert. »Nach dem, was hier alles passiert ist …«

»Jaja.« Wolli steckte sich eine Zigarette an und schob sie in den Mundwinkel. »Eh, was ich Sie immer mal fragen wollte«, sagte er. »Was kostet eigentlich so ein Heimplatz. Pro Monat?«

»Och, das ist verschieden.«

»Na.«

»Das fängt bei dreitausend Mark an. Warum?«

»Tss!« Schröder schnippte die Asche ins Dunkel. »Man möchte weinen.«

»Wenn Sie denken, wir würden damit Gewinn machen …«

»Da sei Gott vor. Wahrscheinlich schießt Frau Färber noch ein sattes Sümmchen zu. Stimmt's?«

Offensichtlich drängte es Bert zum Aufbruch.

»Sie wollten noch mit mir reden. Wegen meines Betragens.«

War das ein Schaudern? Na, vielleicht hatte Bert nur das dünne Jäckchen an und fröstelte.

»Ach was. Man sagt viel im Eifer des Gefechts. Also. Wir sehen uns morgen.« Schnurstracks lief er über den Rasen. Wenig später wurde auf dem Parkplatz der Calibra gestartet.

Wolli beschloß, noch bis zu Juliane zu gehen. Und dann ab nach Karnap. Eine lange Nacht stand ihm bevor. So oder so. Aber er konnte Benno nicht zumuten, alles allein zu machen.

Er war schon fast vorbei, als er es merkte. Irgendwie stand das Auto auch anders.

»Saubere Arbeit.« Er ging in die Hocke und tastete über die Reifenreste. »Pneu-Stechen, die dritte.« Ob er Bescheid sagen sollte? Ach was, die Mädels würden es früh genug merken. Lieber mal sehen, was Frau Ullmann machte.

Er spinste um die Ecke ins Hellerleuchtete. Juliane Färber hatte die Flasche auf dem Tisch und ließ sie nicht zur Ruhe kommen.

Chris erschien. Wirkte irgendwie unruhig. Sie sagte was.

Schröder reckte sich so weit nach vorn, daß er fast auf die Terrasse fiel.

»... besser, wenn Sie heute abend nicht schwimmen würden. Könnte ja sein, daß er gleich anruft.«

»Ach, Christiane.« Eine Hand an der Tischkante, stand die Färber auf. »Ich bin ja so froh, daß ich Sie bei mir habe.«

Frau Ullmann gelang ein flüchtiges Lächeln. Schien nicht bei der Sache zu sein, das gute Kind.

»Doch, doch. Bei Ihnen ... hoppala!« Ein hektischer Griff, und schon hatte sie die Hände um Christianes Taille. »Mein Gott, sind Sie schlank.«

»Äh ...« Chris versteifte sich sichtlich.

»So zierlich.« Jetzt legte die Färber tatsächlich die Wange an Christianes Kopf. »Ich bin so gern in Ihrer Nähe.« Und schmiegte sich an sie. Ihre Lippen machten sich an Chrissis Hals zu schaffen.

Schröder atmete pfeifend. »Fehlt nur noch Panflöte als Hintergrund.«

»Frau Färber. Bitte.« Chris machte sich frei. »Ich ... ich seh noch mal nach dem Funkgerät.«

»Puh«, machte Schröder. »Das war knapp.«

An Schlaf war nicht zu denken. In Jeans und Pulli lag Chris auf dem Bett und lauschte aufs Telefon. Aber wie immer, wenn man drauf wartet, tat sich nichts.

Zum Frühstück blieb sie mit ihren rotgeränderten Augen allein. Juliane ließ sich von Martha nur einen Kaffee ans Bett bringen. Ob es ihr wegen gestern abend unangenehm war zu erscheinen? Keine Spur. Beim Mittagessen plauderte sie über Gott und die Welt, lächelte und drückte zweimal Christianes Hand. Auf die Kunde, daß der Schlitzer wieder zugeschlagen hatte, reagierte sie nicht einmal. Essen tat sie allerdings kaum etwas und zog sich sofort danach wieder zurück.

Gegen zwei kam ein Monteur von der Tankstelle und machte sich am Wagen zu schaffen.

»Sie haben aber einen Verbrauch!« Japsend wischte er sich die Dreckhände am Overall ab. »Bei anderen halten so Reifen drei Winter lang.« Dreckiges Lachen.

Chris ersparte sich jeglichen Kommentar. Jeglichen. »Wo unterschreibe ich?«

Er hielt ihr einen Block hin. »Soll ich nicht lieber noch einen Satz hierlassen? Zur Sicherheit?« Und platzte wieder los.

»Was hatten Sie zu Mittag? Einen Lachsack?«

Prustend warf er sich in seinen Transporter und setzte rückwärts vom Grundstück. Am Tor wäre er beinahe mit dem Porsche zusammengestoßen.

»Was wollte der denn hier?«

»Jemand hat die Reifen am Wagen Ihrer Mutter zerstochen«, sagte Chris. »Dreimal an einem Tag.«

»So?« Katja stieg aus und musterte sie. »Und das konnten Sie nicht verhindern?« Sie lachte hart. »Entschuldigung. War nicht so gemeint.«

»Frau Färber hat sich hingelegt.« Chris ging neben ihr ins Haus. »Soll ich ihr Bescheid sagen?«

»Lieber nicht. Ich will nur ein paar Sachen und einen Koffer holen.«

»Wollen Sie verreisen?«

Katja guckte erstaunt. »Übers Wochenende. Mit ein paar Freunden nach Dänemark.«

»Es geht mich zwar nichts an«, sagte Chris. »Aber Ihre Mutter hat am Wochenende Geburtstag.«

»Ja? Und?« Sie warf ihre Jacke über einen Stuhl und hopste die Treppe hinauf. »Ach.« Sie drehte sich um. »Sagen Sie ihr, sie soll mir einen Scheck ausstellen. Das Leben ist teuer im Norden.«

****

»Soso.« Wolli hörte nur mit einem Ohr zu. Schon vier Uhr. Wieso meldete Bruns sich nicht? Hatte er spitzgekriegt, daß er beobachtet wurde? War er doch nicht der Richtige?

». . . aber von denen kommt keiner.«

»Äh . . . Nicht.«

»Meine Tochter ist ja in München verheiratet. Und mein Sohn . . .« Der alte Mann seufzte. »Vielleicht ruft er an.«

»Na, davon will ich aber ausgehen«, sagte Wolli und zählte weiter Pillen ab. »Du wirst schließlich achtzig, Hermann.« Unruhig sah er aus dem Fenster. Draußen lag alles in dicker Brühe. Sah aus wie auf Allerheiligen.

»Wolfgang.« Karin steckte ihren Kopf ins Dienstzimmer. »Kurt muß mal.« Und zu dem Alten: »Hier darf nur Personal rein.«

Gottergeben klopfte Wolli dem Rentner auf die Schulter. »Wir sehen uns später.«

Kurt lag auf Nummer sieben und hatte den Kopf rot. »Wie lange soll ich denn noch klingeln? Muß ich erst ins Bett scheißen?«

»Da hat nichts geklingelt.«

»Auch noch frech werden?«

»Warte mal«, sagte Wolli. »Drück noch mal auf die Schelle.«

»Ich muß ...«

»Solange hältst du schon aus.« Er fegte raus, über den Gang ins Dienstzimmer. Kein Lämpchen brannte an der Wand. Im Nu war er zurück. »Das funktioniert überhaupt nicht.«

»Hoffentlich hab ich bald die Pfanne im Bett!«

»Sorry.« Schröder ließ sich die Arme um den Hals legen, zog den Alten hoch und schob ihm das Teil unter.

»Verdammt! Ist die kalt!«

»Sitz und Platz. Und leg dein Ei«, sagte Schröder.

»Wehe, du läßt mich stundenlang auf dem Ding hocken.«

Wolli verzog sich auf den Gang.

»Und nicht wieder dieses kratzige Klopapier«, schrie Kurt von drinnen.

Wolli sah auf die Uhr.

****

Kein Anruf. Nichts. Den ganzen Tag nicht. Chris sprang auf, lief bis zum Kamin, lief zurück, setzte sich.

»Bestimmt hat er aufgegeben.« Mit unsicherer Hand goß Juliane ihr Glas randvoll.

»Der? Nie!« Chris nahm sich eine Zigarette aus der Schale, legte sie wieder hin.

»Warum sagen Sie mir nicht, wen Sie verdächtigen?«

»Weil ich erst Gewißheit haben will. Daß er es auch ist.« Wieder sprang sie auf. »Fünf vor elf. Ist eigentlich seine Zeit. Der muß doch ...«

Das Telefon schrillte.

Mit einem Satz war Chris am Apparat. »Kommen Sie!«

»Ich ...« Juliane hatte plötzlich die Fingerspitzen am Mund. »Ich kann das nicht.«

Das Telefon schrillte.

»Frau Färber! Machen Sie jetzt nicht schlapp!« Sie zerrte die gnädige Frau aus dem Sessel. »Und halten Sie ihn möglichst lange hin.«

»Was ... was soll ich denn sagen?«

»Irgendwas. Schlagen Sie ihm vor ... äh, daß Sie ihm Geld geben, wenn er Sie in Ruhe läßt. Oder so. Los jetzt!«

Beim dritten Läuten nahm Juliane ab. »Ja?« Ihre Stimme war kaum zu hören.

Chris machte ihr ein Zeichen, sie solle reden, und lief raus in die Diele.

»Was wollen Sie denn von mir?« hörte sie Juliane von nebenan.

Ein metallenes Krächzen kam aus dem Gerät. Weiß Gott, wo Hannes das aufgetrieben hatte. »Benno?« flüsterte sie.

Es krackste mordsmäßig. »Hier schläft Korn.«

»Benno!« Chris mußte schlucken. »Benno. Er ist dran.«

»Okay. Gib mir zehn Sekunden.«

Chris lehnte sich gegen die Wand, atmete durch. Dann schaltete sie das Funkgerät aus und lief ins Wohnzimmer.

»Sie sind ja ...« Juliane Färber preßte ihre Hände gegen die Ohren. Der Hörer lag auf dem Boden. »Sie abscheuliches Schwein. Sie ...«

Sofort hatte Chris den Hörer in der Hand. Tot. »Warum sind Sie nicht drangeblieben? O Mann!«

Die Färber schluchzte.

Chris ließ das Band zurücklaufen und drückte auf den Startknopf.

»Ja? – Hallo, Juliane. Ich bin's. – Was wollen Sie denn von mir? – Na, was wohl? Ich werde dich fertigmachen. Du kleine Sau. – Bitte ... warum lassen Sie mich nicht endlich in Ruhe? – Aber Juliane? Das ist erst der Anfang. Ist es nicht aufregend? Du dreckiges Hurenschwein!« – Ein Geräusch im Hintergrund. Lang, kurz, lang.

»Wow!« Chris schlug auf den Tisch, daß die Goldrosen wackelten. »Wir haben ihn.« Sie klaubte das Band aus dem Recorder.

»Glauben Sie wirklich?« schniefte die Färber.

»Aber sicherlich. Kann ich Ihren Wagen haben?« Ohne

ihre Antwort abzuwarten, griff Chris nach dem Schlüssel und war raus.

Heulend schoß der Benz aus den Büschen; der Kies spritzte nur so zur Seite. Es war eine Freude. Schon zehn Meter vor dem Heim ging Chris voll auf die Hupe. Sie hatte noch nicht gewendet, als Schröder aus dem Eingang sprintete.

»Hat er?«

»Er hat!«

Wolli hechtete in den Wagen, der kaum zum Stillstand gekommen war. »Hau rein, Chris!«

Frau Ullmann trat die Pedale ins Bodenblech.

Sicher, es war Nacht. Alles frei. Trotzdem sprach man später von einem Rekord. Heidhausen–Karnap. Länger war die Stadt an keiner Stelle.

Mit radierenden Pneus, wie Schröder sich ausdrückte, kam der Wagen zum Stehen. Auf ihr Schellen ging sofort die Flurbeleuchtung an, es summte. Sie stürmten hoch. Die Tür im dritten Stock war angelehnt.

»Hier sind wir.«

Ein schwach beleuchtetes Zimmer. Benno Korn füllte einen Sessel aus. Am Tisch hockte ein Mann mit fettigen Haaren. Seine Füße steckten in abgeschabten Western-Stiefeln.

»Hallo, Cowboy«, sagte Schröder.

Ächzend zog Benno eine Pfeife aus dem Hosenbund. »Er meint, er war es nicht. Hat nirgendwo angerufen, niemanden bedroht.«

Axel Bruns blinzelte. »Soll der Scheiß eigentlich?«

»Na!« Benno machte eine Armbewegung.

Bruns duckte sich hastig.

»Lies ihm seine Rechte vor«, sagte der Dicke.

»Ich glaube, ich quäle ihn lieber ein bißchen«, meinte Wolli und sah sich um. »Kann man hier irgendwo eine Messerklinge heiß machen?«

Inzwischen hatte Chris einen Recorder entdeckt, steckte die Kassette ein und spielte sie ab.

»... von mir? – Na, was wohl? Ich werde dich fertigmachen. Du kleine Sau. – Bitte ... warum lassen Sie mich nicht endlich in Ruhe?«

»Ist doch gar nicht meine Stimme«, muffelte Bruns.

Chris spulte weiter. »Die Lauscher auf.«

»... dreckiges Hurenschwein!« Im Hintergrund war deutlich ein Klingeln zu hören. Lang, kurz, lang.

»Das war ich«, sagte Benno.

Bruns klappte den Mund auf. »Das ... wie ...?«

»It's not a trick. It's Schröder«, sagte Wolli. »So. Reden wir noch ein bißchen, oder gehen wir gleich ins Badezimmer?«

»Badezim ...?«

»Wegen der Blutflecken. Die kriegt man immer so schlecht aus dem Teppich.«

Chris schob sich zwischen die beiden. »Sie leugnen also, Frau Färber seit vier Wochen zu terrorisieren. Sie am Telefon zu beschimpfen, ihr nachzufahren, ihr die Reifen zu zerstechen, eine Todesanzeige zu schicken, ihre Katze zu töten, ihr ...«

»Seid ihr denn bescheuert?« Axel sprang auf.

Wolli warf ihn zurück auf den Stuhl. »Hast du nie von gehört, was? Auch Frau Ullmann ist dir nie begegnet, hm? Im Dunkeln, hinterm Haus der Färber.«

»Eh! Nicht mit mir. Das laß ich mir nicht anhängen.«

»Und das Gespräch heute abend?« fragte Benno aus einer blauen Tabakswolke heraus.

»Ja gut. Ich hab die Alte angerufen. Ich hab sie ein paarmal angerufen. Aber sonst doch nichts.« Seine Hand zitterte. Sein Arm zitterte. Der ganze Typ zitterte.

Bennos Pranke wedelte den Rauch beiseite.

»Was verbrennst du da eigentlich?« hustete Chris.

»Latakia.« Gemütlich stieß der Dicke noch ein Wölkchen aus. »Gibt so eine lieblich herbe Raumnote.«

»Verdammt! Hört mir überhaupt einer zu?« Bruns sprang wieder auf.

»Aber sicher«, sagte Wolli und packte ihn. »Dann komm mal mit.«

»Faß mich nicht an, du Drecksk . . .!«

Schröder schüttelte ihn, daß die Hemdnähte krachten. »Dir fällt gleich ein Ohr auf die Schulter, Cowboy.«

»Wolli«, sagte Chris leise. »Laß ihn runter.«

Schwer seufzend stellte Schröder ihn auf die Beine. »Eine Lüge noch, Bruns. Und du siehst aus, als hättest du'n Job in der Geisterbahn. Auf so einen wie dich warte ich nämlich seit Tagen schon.«

»Ich war es nicht«, jammerte Axel. »Nur die paar Anrufe.«

»Warum hatten Sie Streit mit Frau Färber?« Chris setzte sich auf die Tischkante.

»Wegen den zehntausend.« Nervös porkelte Bruns eine Zigarette aus der Schachtel. »Mein Alter hatte zehn Riesen auf dem Sparbuch. Seit Jahren. Die hätte ich auch fast damals gekriegt.«

»Damals?«

»Bevor ich . . . Bevor er ins Heim ging.«

»Bevor du ihn abgeschoben hast, meinst du«, sagte Wolli.

Bruns ging nicht darauf ein. »Und dann auf einmal ist das Buch aufgelöst.«

»Sie haben das gemerkt, nachdem Ihr Vater tot war.«

Nicken.

»Ach«, machte Schröder. »Da hattest du plötzlich Zeit hinzufahren. Um die Knete zu holen.«

»Und Kutschera?« bohrte Chris nach.

»Der hat was gefaselt von wegen Sonder-Verpflegung. Weil mein Alter Zucker hatte. Und daß die Krankenkasse das nicht bezahlt hätte und so. Da war doch kein Wort von wahr. Die Knete hat sich Kutschera gekrallt. Und die Färber.«

»Was hat die denn gesagt?«

»Überhaupt nichts.« Er paffte.

Chris hielt ein offenes Fenster für eine gute Idee.

»Da ist sofort ein Anwalt aufgetaucht.«

Im Hintergrund gab Benno ein Glucksen von sich.

»Danach bin ich zum Amtsgericht. Die haben da so eine Stelle, wo man sich beraten lassen kann. Aber der Mann da meinte, ich müßte Beweise haben. Vor Gericht hätte ich die ganze... eh...«

»Beweislast zu tragen.«

»Ja. So was. Ohne Geld. Den Prozeß hätte ich doch nie durchgehalten.«

»Aha.« Wolli strich sich übers Kinn. »Und da hast du dir gedacht, du könntest es der Färber auch so zeigen.«

Axel knurrte. »Die hätte ich so fertiggemacht, daß die am Schluß freiwillig ein paar Tausender rübergeschickt hätte.«

»Schön«, sagte Benno und stand auf. »Eine erbauliche Geschichte. Klären wir den Rest vor Gericht.«

Allein das Wort trieb Bruns Schweißperlen unter den Haaransatz. »Gericht?«

»Ja, glaubst du, die Sache ist jetzt vom Tisch? Die Färber wird dich verklagen.«

»Dann soll sie doch«, bellte Axel. »Könnt ihr der Alten gleich ausrichten. Wenn ihr Bericht erstattet. Ihr müßt ja richtig stolz sein. Wie ist das überhaupt? Für so eine die Drecksarbeit zu machen?«

Es polterte. Schröder schnellte nach vorn.

»Schluß!« Benno trennte die beiden mit einem Griff.

»Bruns.« Wollis Hals war puterrot. »Solltest du mir noch einmal begegnen, dann renn. Renn, so schnell du kannst.«

Benno räusperte sich. »Tja. Packen wir's.«

»Na?« machte Chris und schloß den Benz auf. »Was haltet ihr von dem?«

Der Dicke blähte die Backen. »An seiner Stelle würde ich auch alles abstreiten.«

»Da muß ich mir von einem Schwein sagen lassen, daß ich ein Schwein bin, das für ein anderes Schwein arbeitet«, blaffte Schröder. »Und dann hat dieses Schwein auch noch recht.«

Benno gab Händchen. »Bin froh, daß die Sache vorbei ist. Haltet mich auf dem laufenden.«

»Ich sag erst mal heißen Dank, Benno.« Chris stieg ein. »Deinen Anteil bringe ich dir dann nächste Tage vorbei.«

»Ruf vorher an. Ich koche dann was Leckeres.« Er winkte noch mal und stieg dann in sein Auto.

Auf der ganzen Heimfahrt sprach Schröder kein Wort.

»Nun komm, Wölfi«, sagte Chris, als sie ankamen. »Ab morgen kannst du den Job an den Nagel hängen.«

Er murmelte was, in dem »Färber«, »...paar vor die Schnauze« und »... mach denen doch nicht die Lachnummer« vorkam. Knurrend stieg er aus. »Chris?«

»Wolli?«

»Wie steht's ausnahmsweise mit nem Gute-Nacht-Küßchen?«

Sie legte ihm die Arme um den Hals und gab ihm eins. Ein ziemlich dickes Ding sogar. »So«, sagte sie endlich. »Dann will ich Juliane mal aufklären.«

Ging nicht.

Als sie ins Wohnzimmer kam, lag Juliane schnarchend auf der Couch. Eine Flasche stand noch auf dem Tisch. Die zweite war bis zum Kamin gekollert.

****

Eigentlich hatte Benno gedacht, die ruhige Zeit wäre angebrochen. Ausschlafen bis zehn. Stunde baden. Gutes Frühstück.

Kurz vor acht warf Irmchen ihn aus der Kiste. Ob er gleich Oma Lene in die Stadt fahren könne? Sie selbst hätte eine eilige Tour nach Bochum, sonst würde sie ja ...

»Bei Odin«, brummelte er und wälzte sich noch einmal in den Decken. »Ein warmes Bett und ein fauler Arsch können schwer voneinander kommen.« Sprach's und schwang sich vom Lager.

»Biss'n lieber Kerl«, sagte Oma, als Benno ihr wenig später beim Einsteigen half.

»Tu ich doch gern.« Benno warf einen Stapel Zeitschriften nach hinten. »Aber anschnallen.«

»Muß dat sein? Dat iss immer so eng.«

»Keine Widerrede.« Er legte ihr den Gurt um. Während er den Starter bemühte, beäugte er sie argwöhnisch. Unter ihrem Mantel guckte ein Streifen Jersey hervor. »Hast du eine Verabredung?«

»Ja.«

»So früh am Morgen?«

»Um neun Uhr.«

Der Motor spotzte und sprang an. Benno schaltete die Scheinwerfer ein und fuhr langsam vom Hof.

»Ach, Dicken. Fech doch nachher mal dat Laub zusammen.«

Wieder ein Blick zur Seite. »Du heckst doch was aus.«

Oma Lene nickte.

»Sagst mir aber nicht, was?«

Oma Lene schüttelte den Kopf. »Nee.«

»Hm.« Bis zur Kirche kämpfte er mit sich. Ging ihn schließlich nichts an, wenn Oma einen Termin in der Stadt hatte. Andererseits... »Und dazu mußt du unbedingt das gute Kleid anziehen?«

»Laß et sein, Benno«, sagte Oma fröhlich. »Ich sach nix.«

Schien ihm auch so. Seufzend schaltete er das Radio ein. Zwischen Werbung und Nachrichtenmagazin wälzte er einige Vermutungen. Keine paßte. Nun. Eigentlich brauchte er ja nur abzuwarten, wo er sie hinfahren sollte. Dann war das ganze Geheimnis gelöst. Er nickte versonnen und kuschelte sich ins Polster.

»Kanns mich am Bahnhof rauslassen«, sagte Oma Lene. »Den Rest lauf ich.«

****

Juliane schrie wie am Spieß. Martha wollte sie wohl besänftigen. Wütend schlug die Färber ihre Hand beiseite. Alles redete durcheinander. Kutschera, Theo, Lissi. Vom Heim her wuselten ein paar Alte über den Rasen.

Chris zog im Laufen den Pullover über. »Was ist denn los?«

Juliane zwängte sich aus der Menge und kam auf sie zu.

»Frau Färber, was ist...?«

Sie sah sie nicht mal an. Mit zusammengepreßten Lippen stapfte sie an Chris vorbei zum Haus.

»Kann mir mal einer sagen, was das soll?«

Theo trat zur Seite.

Die Schiebetür am Gewächshaus war eingeschlagen. Bis auf die Torfsäcke waren die Scherben geflogen. Wo gestern noch alles geblüht hatte, hing schlappes Grün.

»Als wenn der Frost nicht gereicht hätte«, sagte Theo.

Chris folgte seinem Blick. Zwei besonders prächtige Exemplare waren mit weißer Farbe übergossen. »Ja, aber...« Sie hatten doch... Bruns... Er war doch... Das kam jetzt alles zu schnell.

»Gründliche Arbeit«, sagte einer der Alten.

Chris drehte sich um.

»Herrschaften.« Kutschera hob die Handflächen. »Ich bin sicher, es handelt sich nur um einen schlechten Scherz.«

Sie ließ ihn stehen. Abseits vom Gedrängel lehnte im blauen Kittel Schröder an der Mauer und rauchte.

»Schöne Scheiße«, sagte er. »Hast du Juliane von Bruns erzählt?«

»Bin noch nicht dazu gekommen.«

»Um so besser. Eine Blamage weniger.« Wolli trat die Kippe in den Frostboden.

»Axel hatte recht«, sagte Chris und strich sich über die Arme. Sie sah rüber zu den anderen. Dirk grinste breit zurück. »Er allein war es nicht. Da gibt es noch jemanden.«

Schröder zuckte mit den Schultern. »Ich muß los. Den General abspritzen.«

»Ja, Moment! Willst du weitermachen?«

»Wieso? Du nicht?«

»Doch. Aber... Könnte ich verstehen, wenn du keine Böcke mehr hast.«

»I wo!« Schröder machte auf erstaunt. »Mit jedem Tag macht es mir mehr Freude. Gibt es etwas Schöneres als den Dienst am Nächsten? Gutes tun?«

»Wolli.«

»Du müßtest diese Augen sehen. Diese Dankbarkeit.« Er tätschelte ihre Schulter. »Ein altes Vorbild bekommt wieder Leben in mir.«

»Philip Marlowe?«

»Aber nein«, lächelte er. »Albert Schweitzer.«

»Christiane?« schrie was.

»Oh, die gnä' Frau.« Chris wandte sich zum Gehen. »Das mach ich dir wieder gut«, flüsterte sie und lief los.

Juliane saß bereits im Wagen. »Wir fahren in die Stadt.«

»Frau Färber.« Chris rutschte auf den Sitz. »Das Ganze ist mir furchtbar peinlich. Ich glaube langsam, ich bin mein Geld nicht wert.«

»Das dürfen Sie nicht sagen.«

»Dabei hatte ich eine Spur. Gestern abend war ich mir sicher, den Kerl zu haben.«

»Natürlich.«

»Bruns hat mehrfach angerufen. Gibt er sogar zu. Es muß aber noch jemanden geben. Und den werde ich...«

»Christiane.« Die Färber legte ihr eine Hand auf den Arm. »Ich möchte jetzt fahren.«

»Frau Färber. Es wird doch nicht besser, wenn Sie alles verdrängen. Das klappt doch nicht.«

Zwei, drei Sekunden sahen sie sich an.

»Fahren Sie. Bitte.«

»Okay.«

Während der Fahrt vermied Chris das Thema. Blieb ihr auch nichts anderes übrig. Die ganze Zeit über plapperte

Juliane wie ein aufgedrehtes Spielzeug. Über Aerobic. Über gesunde Ernährung. Über Tennis und Mode. Und über die Zeit, als sie in Christianes Alter war.

»Die paar Jahre, die uns trennen«, sagte Chris, als sie aus dem Parkhaus in die kalte Luft traten. Sie hatte das dringende Bedürfnis, nett zu ihr zu sein.

Juliane blieb abrupt stehen. »Ich möchte Ihnen etwas schenken.«

»Aber...« Chris versuchte umzuschalten. »Wieso? Sie bezahlen mir eh zuviel.«

»Das hat damit nichts zu tun. Kommen Sie.«

Und dann ging's los. Wehren unmöglich. Juliane schleppte sie ausgerechnet in die Boutique, an der sich Chris bisher immer verschämt vorbeigedrückt hatte.

»Was halten Sie hiervon?«

»Frau Färber.«

»Oder gefällt Ihnen das?«

»Schon. Nur das Preisschild nicht.«

»Wir nehmen es.«

»Nein. Nicht noch was.«

»Sie brauchen eine Bluse dazu. Mögen Sie blau?«

»Doch. Ja... äh.«

»Oh! Schauen Sie nur. Ziehen Sie das mal an.«

Es wurden vier Tüten voll. Die Summe war höher als Christianes Miete für ein halbes Jahr. »Schicken Sie es bitte an diese Adresse.«

»Sehr gern, gnädige Frau.«

Ich bin ihr Spielzeug, dachte Chris. Ihre Barbie-Puppe.

»Und nun gehen wir schön essen«, sagte Juliane und klammerte sich an ihren Arm. »Sie mögen hoffentlich französische Küche.«

Willenlos ließ Chris sich fortziehen, während Juliane ohne Pause weiterplapperte. Auf der Höhe von Baedeker ging plötzlich ein Ruck durch die Frau.

»Ist was? Frau Färber, Sie sind ja ganz blaß.«

»Wir fahren nach Hause.« Sie drehte sich um und lief los. Chris konnte ihr kaum folgen.

Ab da sprach Juliane Färber kein Wort mehr. Die Augen starr nach vorn gerichtet, saß sie kerzengerade auf dem Rücksitz. Jeder Versuch, sie zum Sprechen zu bringen, blieb vergeblich.

Der Wagen stand kaum, als sie schon hinaussprang.

Chris lief ihr ins Haus nach.

Auf der Treppe drehte sie sich um, kam noch mal herunter und küßte Chris auf die Stirn. Dann verschwand sie nach oben.

»Mein Gott!« Chris starrte ihr nach.

****

Schröder kam gerade aus seinem Zimmer, als ihm Dirk mit einem Packen Bettwäsche begegnete. »Was willst du denn damit?«

»Bett beziehen«, sagte Dirk und ging weiter.

»Gibt doch gar keine Zimmer hier oben.«

»Nee? Na, du mußt es ja wissen.«

Wollis Bauchmuskeln verhärteten sich. Für gewöhnlich ein schlechtes Zeichen. Er folgte ihm. »Gibt's doch?«

Der Pfleger ging den Gang runter bis zum Ende und schloß eine Tür auf. Er deutete mit dem Kopf hinein.

Langsam, den Kopf schräg gelegt, trat Wolli näher.

Der Gestank schlug ihm entgegen, ehe er drin war.

»Unsere Endstation«, grinste Dirk.

Einen Moment glaubte Wolli zu spinnen. Unter der Dachschräge stand ein Metallbett. Spindeldürre Arme hingen aus den Laken, mit Mullstreifen ans Gestell gebunden. Ein zahnloser Mund, aufgerissen wie eine Wunde.

»Was ...?« Wolli schluckte trocken.

»Noch nie ein Sterbezimmer gesehen?« Dirk fingerte eine Schere aus dem Kittel und schnitt den Mull durch.

»Ich glaub das nicht.« Schröder sah sich um. »Die Tür abgeschlossen? Und nicht mal ne Klingel? Nicht mal ne kaputte!«

»Wozu? Die Oma ist doch sowieso angebunden.«

»Sag mal, hast du'n Knall? So kann man doch keinen Menschen behandeln.«

»Bin ich etwa der Boß hier?« Dirk warf den Mull in die Ecke. »Pack mal mit an.«

»Hör mal . . .«

»Du nimmst die Arme, ich die Beine.«

Zu zweit hievten sie das Mütterchen aus dem Bett. Es war nicht zu erkennen, ob sie es überhaupt wahrnahm.

»Ja, wohin denn?« keuchte Wolli.

»Auf den Stuhl. Und halt sie fest.«

Durch den Stoff konnte er ihre Knochen fühlen. Die Bandagen hatten sich in die welke Haut geschnitten. Er wollte was sagen. Ne ganze Menge wollte er sagen. Aber der Anfang wollte nicht raus.

»Da gibt es ganz andere Heime«, sagte Dirk und zog das Laken ab. »Bah! Durchgegangen bis aufs Gummituch.« Er knüllte alles zusammen und warf es in Richtung Tür. »Ich war mal in einem, da wurden die Alten nach jedem Abendessen abgetopft.«

»Abge . . .?« In Wollis Speiseröhre gluckerte was.

»Nannte man da so. Hose runter in Reih und Glied. Und dann aufs Töpfchen. Spart Personal.«

War es das Gerede, das Elend oder der Gestank? Keine Ahnung. Schröder wußte nur, daß er gleich fürchterlich kotzen mußte.

»So.« Dirk steckte das frische Laken fest. »Das gleiche rückwärts.«

Vorsichtig legten sie die Oma aufs Bett.

»Noch eben die Windel wechseln und fert . . . Heh! Spinnst du? Du kannst doch nicht einfach abhauen.«

Und wie er konnte. Im Laufschritt bis ins Treppenhaus und aufs Klo.

Zehn Minuten später war sein Magen leer und knurrte ihn an wie ein Köter.

Er hängte sich ins offene Fenster, warf ein Pfefferminz ein und stierte in die Herbstschwaden. Die alte Überlegung. Krach schlagen und den Job riskieren, oder Schnauze halten? Hatte er sie nicht schon viel zu lange gehalten?

Irgendwie matt ging er runter zum Büro.

»Reg dich nicht auf«, sagte eine Stimme. Berts Stimme.

»Ach, nein? Die staubt doch nur ab. Und wer macht den Dreck weg?« Margots.

»Nur Geduld. Wir kriegen sie schon soweit.«

Schröder ging einfach rein.

»Können Sie nicht anklopfen?« keifte die Olschewsky.

»Ich muß Sie mal sprechen.«

»Falls was ist, ich fahre kurz nach Werden.« Bert drückte sich an ihm vorbei.

»Bleiben Sie ruhig hier, Herr Kutschera«, sagte Wolli.

Doch Bert war schon draußen.

»Also, was ist?«

»Die alte Frau da oben.« Sein Daumen ging zur Decke. »Die kann doch nicht mutterseelenallein da liegenbleiben. Ohne Aufsicht.«

»Verteilen Sie das Essen.« Ohne aufzublicken, ordnete sie ein paar Papiere. »Und überlassen Sie solche Dinge gefälligst mir.«

»Die arme Frau stirbt.«

»Richtig«, schnappte Margot. »Soll sie das vielleicht im Tagesraum tun?«

Schröder spitzte die Lippen. Ganz ruhig ging er um den Schreibtisch herum. Bis er dicht vor ihr stand.

Sie wich nicht einen Zentimeter zurück. »Was soll das?«

»Hör zu, Margot. Wenn die alte Dame nicht bis heute abend verlegt ist, tanzt hier der Hammer.«

Die Olschewsky verengte die Augen. Ihr Kiefer bebte. »Sie sind gekündigt!«

»Ouh!« Schröder machte sein Zahnschmerz-Gesicht. »Das würd ich aber sein lassen. Sonst drängeln sich hier nächste Tage die Herren von der AOK. Und vom Gesundheitsamt. Und und und.«

Ihr Blick flatterte. »Sie gehören zu der Kleinen. Zu der Ullmann.«

»Schlau. Das gibt einen Punkt.«

»Und? Was wollen Sie?«

»Gutes tun.« Er lächelte und ging zur Tür.

»Diesen Kerl fangen, der Juliane zermürbt?«

Schröder drehte sich erstaunt um. »Wer sagt, daß es ein Mann ist?«

****

Es ist wie eine Sucht. Man fängt damit an und kann nicht mehr aufhören. Man nimmt alles in Kauf. Setzt alles auf eine Karte. Nur um das Eine zu tun. Wie eine Sucht.

Feuchtes Gras streift meine Beine.

Ich bleibe stehen. Warte ein paar Sekunden. Nein. Da ist nichts. Lieber vorsichtig sein. Es hätte ja sein können, daß Schröder wieder herumschleicht.

Weiter. Von der Rückseite her nähere ich mich dem Haus. Es ist so dunkel, daß ich kaum die Hand vor Augen sehen kann.

Am Gewächshaus klaffen immer noch große Löcher im Glas. Sinnlos, es zu reparieren. Ich werde auch das nächste zerschlagen. Und das danach. Es wird keine Dendrobien mehr geben, keinen Frauenschuh, keine Lycasten.

Auch keine kleinen Kätzchen. Sie würden doch nur sterben.

Es wird nichts mehr geben, was Juliane freut. Immer werde ich zur Stelle sein und es kaputtmachen. Immer. Jedesmal. Juliane weiß das.

Da helfen auch keine Privatdetektive. Es sei denn, sie will

sich ihr Leben lang hinter Bodyguards und Mauern verstecken. Das hält sie nicht durch. Nicht Juliane.

Aus dem Wohnzimmer fällt Licht auf die Terrasse. Hinter den Heckenkirschen entlang gehe ich bis nach vorn. Die Kleine betritt den Raum. Allein.

****

Chris ließ sich aufs Sofa fallen. Wieder ein Tag rum. Wieder kein Erfolg.

»Wieder tausend Mark.« So mußte man es auch mal sehen.

Der Port schimmerte in der Karaffe. Gegen ihre Gewohnheit nahm sie ein Glas und trank. Jetzt schlief Juliane bereits seit sechs Stunden. Und würde weiterschlafen. Hatte Nowak jedenfalls gesagt, als er ihr die Spritze gegeben hatte. Wenn das man gut war, bei ihrem Alkoholkonsum.

Ob sie wollte oder nicht, die Färber tat ihr leid. Okay, sie war egozentrisch. Egoistisch. Beutete die Alten aus. Ließ andere für sich springen. War faul, herrisch ... Gott! Sie war so ekelhaft, daß es schon weh tat. Aber selten hatte Chris so ein armes Schwein gesehen. Wenn die mal in die Hölle kam, mußten sie ihr die Lebenszeit mit anrechnen.

»Geld macht eben nicht glücklich«, sagte Chris laut. Es klang furchtbar verlogen.

Sie setzte sich ans Licht und knisterte ein Wollbündel aus der Plastiktüte. Im Frühjahr hatte sie damit angefangen. Sollte eigentlich ein Pullover werden.

Die Stricknadeln klickten. Auf dem Kamin tickte vornehm die barocke Renaissance-Uhr. Der Port überzog ihre Haut mit Wärme. Schlafaugen stellten sich ein.

Es rumste.

Chris schoß vom Sofa.

Jemand wummerte voll gegen das Fenster. Eine schwarze Gestalt. Im nächsten Augenblick preßte sich eine Fratze platt gegen die Scheibe. »Uuaarrhh!«

»Schröder!«

»Kann ich reinkommen?«

»Nein!«

Die Gestalt verschwand. Kurz darauf klingelte es.

»Jetzt weckt der auch noch Juliane auf.« Sie lief nach vorn und öffnete.

»Grüß Gott. Wir, das heißt die Deutsche Schreberjugend, machen eine Umfrage. Wie stehen Sie zu Oral-Sex?«

Sie zerrte ihn ins Haus. »Auffälliger geht's wohl nicht.«

»Keine Bange.« Wolli schlenderte ins Wohnzimmer und sah sich um. »Die wissen längst über uns Bescheid. Allen voran Margot.«

»Toll. Wer hat das versaut? Du oder ich?«

»Keine Ahnung.« Er fingerte an der Bar herum.

»Trotzdem kannst du nicht hierbleiben. Wenn Juliane wach wird ...«

»Wird sie nicht.« Wolli hielt eine Flasche gegen das Licht. »Sie hat fünf Milligramm Phyloclaviatoxikonagin oder so ähnlich im Balg.«

»Woher weißt du das?«

»Von Nowak. Er spricht immer so furchtbar laut. Hast du mal'n Glas?«

Chris stemmte die Hände in die Hüften, hob zu einer längeren Rede an und ließ es sein. »Im Schrank.«

»Ich hab auch schon ein neues Inkognito.« Wolli kramte in der Schrankwand. »Wir sagen einfach, wir wären zusammen auf der Schule gewesen und ...«

»Trink!«

»Wenn du so nett bittest.« Er trank sein Glas leer, kam mit der Flasche zum Tisch und setzte sich neben sie. »Weißt du noch? Früher, auf der Schule?«

»Schröder, du nervst.« Vielleicht konnte sie ihn mit der Handarbeit vertreiben.

»Du hattest immer so kleine Höschen an, und wenn du dich gebückt hast ...«

»Was weißt du von meinen Höschen?«

»Womit wir beim Thema wären. Ich bin geschickt, was?« Er stellte die Flasche ab, griff hinter sich und zog den Vorhang zu. »Gesprächsführung nennt man so was.«

Chris saß aufrecht. »Was gibt das?«

»Zwing mich, sprach die Nonne, so begeh ich keine Sünde.«

»Schröder! Bist du bescheuert? Wir können hier doch nicht einfach . . .«

»Wetten?«

»Schröder!«

****

»Happy birthday, Hermann.« Wolli drückte dem Alten eine Kiste Zigarren in die Hand. »Auf die nächsten achtzig Jahre.«

»Das ist aber nett, Wolfgang.«

Von hinten wurde gedrängelt. Wolli verzog sich in die Menge der Herumstehenden.

»Mein lieber Herr Kowalski!« Mit ausgestreckten Händen schwebte der Herr Bezirksbürgermeister in den Saal. Hinter ihm Kutschera, strahlend wie bei der Oscar-Verleihung.

Blitzlicht blitzte. Zellophan knisterte. Ein Blumenstrauß wechselte den Besitzer.

». . . Ihnen zu Ihrem Ehrentag alles, alles Gute . . .«

»Können Sie mal so bleiben?« Der Reporter vom Blättchen ging in die Knie.

». . . auch im Namen meiner Ratskollegen alles, alles . . .«

Hermanns Arm wurde gepackt und geschüttelt.

»Ja, wunderbar. Der Herr Pfarrer bitte auch ins Bild.«

Pastor Klempenhusen von der *Schmerzhaften Mutter Maria* strich sich noch mal übers Bäffchen und legte Zahnfleisch frei.

»Bißchen mehr zusammen. Ja? Danke.« Ein Blitz.

Herman rieb sich den freigegebenen Arm.

»Oohh«, machte der Pfaffe und trat einen Schritt beiseite.

Ein klirrendes Tablett vor dem Busen, stampfte Lissi herein.

»Eine kleine Erfrischung.« Bert lächelte frisch lackiert.

Sektflöten wurden verteilt. Die Herren verbeugten sich voreinander. Gläserklingen. Hermann trank zügig leer.

Der Reporter warf die Fototasche über und verschwand eilig.

»Tja«, strahlte der Herr Bezirksbürgermeister, wippte auf den Sohlen und sah sich um. »Tja. Es ist doch immer wieder schön zu sehen, in welcher Harmonie unsere älteren Mitbürgerinnen und Mitbürger ihren Lebensabend verbringen.«

»Ein Politiker, der nicht lügt, ist unglaubwürdig«, sagte Wolli. Es schien keiner zu hören.

»Wenn ich den Herren vielleicht unser Haus zeigen dürfte?« Kutschera machte eine einladende Geste.

»Gern. Sehr gern.«

Auch der Pastor nickte erfreut und verschränkte die Hände vor dem Bauch.

»Ich darf vorangehen? Das ist also unser Speisesaal, bescheiden, aber gemütlich ...«

Und weg waren sie.

»Ob er ihnen auch die Endstation zeigt?« meinte Wolli.

»Die Olschewsky«, sagte Karin leise. »Gestern abend noch hat sie die alte Frau in ein anderes Zimmer legen lassen. Bestimmt, weil sich der Bürgermeister angesagt hatte.«

»So wird es sein.« Schröder sah zu, wie der Saal sich leerte. Nur Hermann saß verlassen vorn am Tisch. Den Blumenstrauß auf den Knien.

»Dann laß uns mal wieder an die Arbeit gehen.« Schon räumte Karin die leeren Gläser aufs Tablett.

Schröder sah auf den alten Mann. »Ich muß mal eben telefonieren.«

****

»Bei Färber.« Chris klemmte den Hörer zwischen Schulter und Kinn. »Ach, Sie sind es.«

»Geben Sie mir Juliane.«

»Sie ist im Augenblick nicht da.«

»Wissen Sie, ob sie meinen Scheck ausgestellt hat?«

»Nein.«

»Dann fragen Sie sie.«

»Fräulein Färber«, sagte Chris. »Ihre Mutter liegt seit gestern mittag im Bett. Spricht nicht, reagiert nicht. Schläft fast nur noch, weil Nowak ihr ständig irgendwelches Zeug spritzt.«

»Warum das denn?«

»Können Sie was mit dem Wort Nervenzusammenbruch anfangen?«

Katja schwieg einen Moment. »Verstehe ich nicht.«

»Also ich verstehe das sogar sehr gut. Nach allem, was sie durchgemacht hat.«

»Sie sind ihr auch näher.«

Was sollte das denn heißen? »Ich fände es angebracht, wenn Sie vorbeikommen würden.«

»Der Scheck ist wirklich nicht ausgestellt?«

»Nein!«

»Was soll ich dann da?«

»Herrgott! Wenn Sie das wirklich nicht wissen, dann bleiben Sie, wo Sie sind.« Chris knallte den Hörer auf.

****

»Doch«, sagte der Fahrer und verrenkte den Kopf, um auf seinen Zettel zu sehen. »Ist bestellt worden.«

»Muß ein Irrtum sein.« Margot Olschewsky versuchte ihn rauszuschieben.

»Sehen Sie selbst.« Das riesige Blech auf der Schulter balancierend, hielt er ihr den Zettel hin. »Bestellt von einem Herrn ... äh ... Dale Schröder.«

»Ah«, strahlte Wolli, der seinen Namen gehört hatte. »Der Kuchen. Wunderbar.« Er schnupperte mit geschlossenen Augen. »So stelle ich mir den Himmel für Kirschkuchen vor. Tragen Sie es bitte da rein.«

»Halt!« Margot stoppte den Mann, daß die Stücke übers Blech schlitterten. »Solange ich es nicht ausdrücklich erlaube, wird hier überhaupt nichts reingetragen.«

Der Fahrer guckte flehentlich von einem zum anderen.

»Liebe Frau Oberschwester«, sagte Wolli und griff nach ihrer Hand.

Patzig schlug sie ihm auf die Finger.

»Verehrte, gnädige Frau.« Wolli lächelte nett. »Es wird Ihrer Aufmerksamkeit nicht entgangen sein, daß unser Hermann heute auf achtzig Lebensjahre zurückblicken kann.«

Margots Gesicht nahm den Ausdruck einer Panzerschranktür an. Ihr Bonbon knallte von innen gegen die Zähne. »Der Kuchen geht zurück!«

»Der Kuchen bleibt hier!«

Dem Fahrer standen die Tränen in den Augen. »Was denn nun?«

»Worum geht es denn?« Kutschera kam neugierig aus dem Büro.

»Um Hermanns Geburtstags-Party«, sagte Wolli. »Frau Olschewsky will sie verbieten. Was soll ich jetzt dem Mann von den *Werdener Nachrichten* sagen? Er wollte doch extra noch mal vorbeikommen.«

»Hermann. Party. Äh ...« Bert blickte unsicher um sich.

»Bitte«, sagte der Fahrer.

»Ja. Natürlich.« Bert trat zur Seite. »Ich wollte selbst schon ... äh, was bestellen.«

»Chef. Sie passen in die Welt.« Wolli boxte ihn vors Revers.

Kutschera machte eine halbe Drehung. Fliehkraft.

»Dann kommen Sie mal mit.« Schröder ging voraus. »Also, unser Chef ... Das iss'n Pfundskerl.«

Hinter ihnen knallte eine Tür. Margot wollte wohl nicht helfen.

Der Fahrer wuchtete das Tablett auf einen Tisch. »Ich hol dann mal den Rest.«

Berts Augen wurden immer größer.

»Kleinigkeit zu trinken«, sagte Wolli. »Damit der Hefeteig besser rutscht. Und nun zum Höhepunkt.« Er legte ihm eine Hand auf die Schulter und führte ihn zum Fenster. »Alles wartet natürlich auf eine Ansprache aus Ihrem Munde.«

»Ja ...«

»Ich wußte es!« Schröder drückte ihm die Hand. »Dann wollen wir mal. Karin? Lissi? Könnt ihr mal mit anpacken?«

In der nächsten halben Stunde übertraf Wolli sich selbst. Fand er wenigstens.

Tische wurden zusammengestellt. Weiße Decken drauf. Teller, Kuchengabeln, Tassen. Sogar ein paar Kerzen trieb Lissi mit glühenden Backen auf. Und Schröder schleppte das alte Radio aus der Küche.

Als die ersten Rentner vom Mittagsschläfchen kamen, traf sie beinahe der Schlag.

»Hermann ans Kopfende«, dirigierte Wolli. »Haben alle einen Platz? Na, herrlich.« Er schlug mit dem Löffel gegen ein Glas. »Und jetzt mal Ruhe.«

Kutschera trat in die Mitte und hüstelte in die Faust. »Liebe Seniorinnen, liebe Senioren. Es ist schon fast Tradition unseres Hauses, einen solchen Geburtstag mit einer kleinen Feier ...«

»Buh!« rief jemand.

»... äh, Feier zu würdigen. Mein lieber Hermann.« Kurze Verbeugung in seine Richtung, Lächeln. »Ich darf Sie hoffentlich so nennen? Lieber Hermann, zu Ihrem achtzigsten Lebensjahr wünsche ich Ihnen auch im Namen des Hauses alles Gute und vor allem Gesundheit.«

»Bravo!« grölte Wolli und klatschte in die Hände. »Ja, was ist denn?« Und sah in die Runde.

Zaghaftes Klatschen hier und da.
»Freunde! Das ist ein Geburtstag, keine Beerdigung.«
Und dann klatschten alle. Wie verrückt.
»Unser Hermann lebe hoch, hoch, hoch!«
Tosender Beifall. Einige standen sogar auf. Hermann schluckte und schluckte.
»Die Tafel ist eröffnet«, bölkte Schröder.
Und dann gab's Kuchen. Mit Sahne. Und Kaffee. Jede Menge.
»Daß ich das noch erleben darf«, schluchzte Tilde.
Nach dem Kaffee kam Brombeerlikör und Spätlese von der Mosel auf den Tisch.
»87er Priezenberger Kopfschüßle«, sagte Wolli und goß dem General ein. »Bitte beachten: Er zieht Domfenster.«
»Donnerwetter«, sagte der Alte stramm.
Nach den ersten Schlucken holte Schröder WDR 4 rein und brüllte ein »Damenwahl!« in die Menge. Das ließen sich die Alten nicht zweimal sagen. Jeder schnappte nach jedem. Und als Camillo Felgen dann noch *Ich hab Ehrfurcht vor schneeweißen Haaren* sang, war kein Halten mehr.
»Respekt«, sagte Kutschera, als Wolli mit seinem Glas zu ihm an die Seite trat. »Sie haben glatt Ihren Beruf verfehlt.«
Schröder sah sich suchend um. »Wo ist denn Frau Olschewsky.«
»Ich glaube, sie hat zu tun.«
»Warum holen Sie sie nicht?« sagte Wolli. »Vielleicht können wir sie verlosen.«

****

Das Telefon klingelte.
Chris zögerte. Dann legte sie die Zeitschrift weg und nahm ab. »Ja?«
»Susanne?«
»Hier ist nicht Susanne.«

»Oh.« Es rauschte. »Ich wollte eigentlich Susanne sprechen.«

»Wer ist denn da?« fragte Chris mürrisch.

»Ostwald«, sagte die Stimme. »Dr. Ostwald. Welche Nummer haben Sie denn?«

»Keine Ahnung.«

»Ja, schauen Sie doch mal aufs Telefon.«

»Hier ist kein Telefon.« Chris legte auf.

Zeit, nach Juliane zu sehen.

Sie knipste das Licht in der Diele an. Vom Heim drang laute Musik und Stimmengewirr herüber. Alle Fenster im Parterre waren hell erleuchtet. Merkwürdig. Was die wohl zu feiern hatten? Vielleicht hatte Kutschera einen Herzinfarkt bekommen.

Leise stieg sie die Treppe hinauf. So langsam kam sie sich richtig einsam vor. Selbst Schröder hatte sich heute nur kurz blicken lassen.

Sie zog die Tür einen Spalt auf. Ein Lichtstreifen fiel auf Julianes Gesicht. Sie schlief. Schlief immer noch. Oder schon wieder. Das sei das beste für sie, hatte Nowak heute morgen versichert.

»Ab morgen ist Schluß«, sagte Chris leise. »Der setzt hier keine Spritze mehr.« War doch nicht natürlich, so was.

Behutsam drückte sie die Tür wieder ins Schloß. Und nun? Fernsehen? Musik hören? Lesen? Gott, war das öde. Wenn sie sich wenigstens was zu ...

Klirren!

Chris blieb stehen.

Irgendwo unten schlug was dumpf auf. Glas splitterte.

Dann ging das Licht aus.

»Verdammt!«

Sie sah nichts. Ihre Hände berührten was. Die Wand. Wie blind tastete sie sich bis dahin, wo die Treppe sein mußte. Wartete. Das Blut sirrte ihr in den Ohren.

Da unten war was.

»Oh, Mist!« Erschreckt schlug sie sich die Hand auf den Mund. Nur ja keinen Laut geben. Die Augen zusammengekniffen, starrte sie hinunter. Ein schwacher Schein drang durchs Dielenfenster. Etwas bewegte sich.

Schreien? Schwachsinn! Zurück. In ihr Zimmer. Und dreimal abschließen.

Und dann? In die Hose machen? Verdammt, das war ein Job. Für den sie tausend Mark am Tag einstrich. Und den sie sich nicht versauen ließ. Nicht von so einem.

Sie tastete nach dem Geländer, hob ein Bein über das Metall. Okay! Mit Schwung glitt sie hinunter, sprang in die Hocke, seitwärts weg, duckte sich.

Nichts passierte.

Als sie die Arme vom Gesicht nahm, sah sie einen tanzenden Schatten auf dem Boden. Zweige vom Baum draußen.

Gebeugt huschte sie zur Wohnzimmertür. Sie streckte die Hand aus, fühlte den Lichtschalter. Ein leises Klicken. Es blieb dunkel. Vorsichtig lugte sie um die Ecke. Und zuckte zurück. Ein Kopf lag auf dem Boden. Der Kopf des Mohren.

Sie sah über die Schulter. Das Telefon. Auf Zehenspitzen tapste sie zurück, hob den Hörer an. Tot.

Jetzt wurde es aber langsam heavy.

Was tun? Rausrennen und Hilfe holen? Juliane lag da oben. Ihr Zimmer war nicht verschlossen. Nein. Es war ihr Job, diese Frau zu beschützen. Aber wie?

Die Zweige auf dem Boden verschwanden.

Chris drückte sich an die Wand. Ein Schatten kroch über die Fensterscheibe.

****

Es fing an zu regnen, als Benno von Karl-Josef kam. Die Luft tat gut, nach dem Abend in der verräucherten Kneipe. Er zog den Kopf zwischen die Schultern und stiefelte los.

›Der Regen kam heut abend früh
Der schwere Wind war schnell gefrischt
Er riß die Wipfel durchs Gesprüh
Und schlug den See zu wildem Gischt.‹

Ach ja. Der olle Browning. Jetzt kam der Winter. Weihnachten. Trübe Nachmittage auf dem Sofa, mit Tee und einem vernünftigen Stück Literatur. Abends ein Feuer im Kamin. Fein gekochtes Essen, gute Freunde, nette Gespräche.

»Schlückchen Wein dabei«, ergänzte Benno und seufzte. Was hatte man es doch gut. Gespart hatte er so viel, daß er bis in den März kommen würde. Und wenn es denn nicht reichen sollte, konnte er immer noch für Irmchen fahren. Was brauchte man schon groß zum Leben?

»Besser Fürst sein als Kaiser heißen.«

In derlei Vorfreuden schritt er wacker aus, den Regen im Gesicht. Wandelte je ein glücklicherer Mensch unter den Gestirnen als ... ›So spät noch?‹

Bei Oma Lene brannte Licht. Um halb elf.

Er arbeitete zwar gelegentlich als Detektiv, war aber kein Schnüffler. In fremde Fenster sehen mochte er nicht besonders. Und das war schon das zweite Mal in einer Woche. Ohne viel Geräusch zu machen, trat er näher.

Oma saß am Küchentisch. Eine Menge Papier vor sich. Und bewegte die Lippen.

Benno preßte das Ohr an die Scheibe.

»... zweihundertvierzich. Bisken viel.«

Benno legte die Stirn in Falten. Dann schüttelte er den Kopf und stapfte in den Hausflur. Sollte er mal kurz anklopfen? Nee, nee. Wenn da ein Problem war, dann mußte sie selbst damit kommen. Also stieg er hinauf, pocherte gegen die Tür und trat ein. »Irmchen?«

»Bin in der Wanne.«

Er zog seine Jacke aus, warf sie achtlos zur Seite und ging ins Badezimmer.

»Na, Dicker? Willst du mit rein?«

Benno äugte in den Schaum. »Da müßten wir wohl die Hälfte an Wasser rauslassen.«

»Dat ja«, sagte Irmchen.

»Ach.« Er kratzte sich den Bart und stöhnte.

»Na. Du hast doch was.« Platschend und spritzend kniete sie sich hin. »Wäschst du mir den Rücken?«

»Tja«, sagte Benno, nahm die Seife und schäumte ihr den Rücken ein. »Was hältst du von Oma Lene?«

»Ne ganze Menge.« Sie verrenkte den Arm nach hinten. »Da. Kannst du mich da mal kratzen? Höher. Mehr links.«

»Ist die nun merkwürdig geworden, oder spinne ich?«

»Aahh, jaa.« Irmchen zischte. »Hah, das ist gut.«

»Was meinst du?«

»Ach was«, sagte Irmchen. »Oma wird langsam alt.«

»Glaub ich nicht.« Benno schüttelte den Kopf. »Die hat irgendwas vor.«

****

Nowak spitzte das Mündchen und sah neckisch ins Wohnzimmer. »Ich gehe dann mal wieder. Sie schläft tief und fest.«

Frau Ullmann krallte die Finger in ein wehrloses Kissen.

»Und entschuldigen Sie nochmals, wenn ich Sie erschreckt haben sollte. Das lag nicht in meiner Abs ...«

»Ja! Ist gut!«

»Gut. Oh ...« Die Haustür rumste. Nowak schlich sich.

Kurz darauf kam Schröder mit einer Kanne Kaffee und zwei Tassen angewackelt. »Ist der endlich weg?!«

»So'n Blödmann!« Knurrend goß Chris ein und trank. So heiß, wie er war. Ihre Hände hatten sich immer noch nicht beruhigt. »Wieso taucht der mitten in der Nacht auf? Er wußte doch genau, daß Juliane pennt.«

»Irgendwie ist er nicht der Typ, der so was macht.«

»Dann war das aber ein doller Zufall, daß er gerade schellen wollte, als ich bei der Tür war ...«

»Tja.« Schröder nickte. »Ist allerdings wahr.« Er trank einen Schluck. »Fehlt was?«

»Soweit ich sehen konnte, nein.«

»Du sagst, es schepperte und dann war es dunkel.«

Trotznicken.

»Da zerdeppert jemand das Bürofenster, kraxelt mühsam durch die Scherben, dreht die Sicherungen raus und zieht die Telefonschnur aus der Dose. Ach ja, und köpft noch den Gipsbimbo. Und haut wieder ab«, überlegte Wolli laut. »Na?« Er sah über die Tasse. »Geht da'n Licht an?«

Chris biß ihre Wangenknochen raus. »Nein.«

»Nun liegen die Sicherungskästen nicht gleich neben dem Bürofenster. Er muß also ziemlich gespurtet sein. Und zwar zielstrebig.«

»Herrgott, Meister!« stöhnte Chris. »Kannst du nicht die Kurz-Version bringen?«

»Na, wer das so schnell schafft, kennt sich hier bestens aus. Und hat einen Schlüssel.«

»Jetzt sind wir aber ein gutes Stück weiter, was?« Chris schlürfte laut. »In diesem Haus ist mehr Betrieb als in der Rathaus-Lobby. Der letzte Dödel kommt hier an einen Schlüssel.«

»Also«, sagte Wolli und wuchtete seine Füße auf die Glasplatte. »Wer heute abend hier war, hat auch die anderen Sauereien veranstaltet. Ich geh nicht davon aus, daß Axelchen gleich eine Handvoll Nachahmer gefunden hat.«

»Nee«, bestätigte Chris. »Das ist nur einer. Fragt sich nur, wer? Kutschera?«

»War heute abend drüben im Heim.«

»Nowak aber nicht.«

»Hat für zurückliegende Sachen ein Alibi.«

»Katja?«

»Als die Reifen zerstochen wurden, hat Benno vor ihrer Tür gelauert.«

»Einer von der Rentner-Bande?«

»Die Hälfte kommt nicht mal alleine aufs Klo.«

»Bruns?«

Wolli tippte sich an die Stirn. »Der ist froh, daß er sein Leben hat.«

»Ja, verdammt! Einer muß es doch sein!« Chris knallte ihre Tasse hin, daß der Kaffee nur so schwappte.

»Weißt du was«, sagte Wolli. »Ich bleib heute nacht hier, und wir überschlafen das zusammen.« Und hopste auch schon zu ihr auf die Couch. »Chrissi. Laß es uns tun.«

»Wolfgang Schröder. Wenn du nicht sofort deine Hände von mir... Heh! Was ist? Chef?«

Schröder wurde ganz plötzlich steif. Saß da und starrte sie an.

»Chef!« Christiane wurde ganz mulmig.

Keine Reaktion.

»Mensch, Wolli«, sagte sie. »Wenn's denn gar so drängt... Man kann doch über alles reden. Ich meine...«

»Chris«, hauchte er. »Ich weiß, wer es ist.«

»Ich... ich denke, die haben alle ein Alibi?«

Wolli nickte, immer noch ganz weit weg.

****

Juliane liegt flach. Zwei Tage schon. Hat sich die Mühe also gelohnt. Wie sagen die Alten immer? Steter Tropfen höhlt den Stein. Stimmt.

Neblig ist es, trübe. Den ganzen Tag über ist es nicht richtig hell geworden.

Im Schlaf würde ich den Weg finden. So oft bin ich ihn nun schon gegangen. Trotzdem bin ich es immer noch nicht leid. Selbst, wenn ich wollte, ich könnte jetzt gar nicht aufhören. Ich muß weitermachen, bis... Ja. Bis sie fertig ist. Total fertig. Schwer zu sagen, wann es soweit ist. Juliane ist zäher, als ich geglaubt habe. Ich dachte, sie würde schon viel eher schlappmachen. Nun ja. Das kommt noch.

In einer Stunde wird es dunkel sein. Dann wäre es ungefährlicher. Aber ich brauche etwas Licht. Nicht viel. Gerade genug, um zu erkennen, was ich anrichte.

Die Büsche geben Sichtschutz bis zum Gewächshaus. Ein kurzer, geduckter Lauf, und ich bin hinter dem Haus. Drücke mich an der Wand entlang bis zum Gitter. Kein Laut dringt aus dem Keller. Ich stoße kurz gegen das Metall. Mit leisem Quietschen schwingt das Fenster nach innen. Wie ich mir dachte. Niemand hat gemerkt, daß es nicht richtig zugehakt ist und ... Oh! Verdammt!

****

»Nee, nee«, sagte Schröder und tippte ihr auf die Schulter.

Gehetzt fuhr sie herum.

An der anderen Hausecke stand Benno Korn. Gemütlich winkte er ihr zu.

Breit grinsend steckte Wolli die Minox ein.

»Was gibt's denn da zu grinsen?«

»Wen man selten sieht, den sieht man gern«, sagte Schröder. »Schlage vor, wir unterhalten uns im Haus weiter.«

Sie wollte seine Hand abschütteln. Aber Schröder hielt es für klüger, sie hübsch am Händchen zu halten.

Auf ihr Läuten öffnete Chris. Wortlos ging sie voran ins Wohnzimmer.

Juliane stand am Kamin. Die Hände rupften an einem Taschentuch herum. Nur ihr Gesicht war ohne jegliche Zeichen von Emotionen.

»Juliane ... Ich kann das erklären.« Katja machte einen Schritt auf sie zu, blieb dann stehen.

»Das hatte sie in der Hand«, sagte Wolli und stellte die Sprühdose auf den Tisch. »Rote Lackfarbe.«

Jetzt erst sah die Färber sie an. »Warum?«

»Ich nehme an, sie wollte damit Ihr Schwimmbad verschönern«, sagte Wolli.

»So?« keifte Katja. »Beweisen Sie das doch mal.«
Grinsend schwenkte Wolli die Minox.
»Warum?« wiederholte die Färber.
Katja warf den Kopf in den Nacken. »Ist das wichtig?«
»Warum hast du das getan?« Wie ein Tier stürmte Juliane auf Katja zu.
»Frau Färber!« Chris fiel ihr in den Arm.
Schnell trat Benno einen Schritt vor.
Eine Sekunde blitzten ihre Augen. Dann drehte sie sich um, ging zur Bar und goß ein Glas bis zum Rand voll. Sie setzte es an und trank es in einem Zug aus.
Alles stand irgendwie bedröppelt rum.
»Na?« Juliane sah Chris an. »Wissen Sie, warum meine eigene... warum sie mir so etwas angetan hat?«
»Das machen Sie besser untereinander aus«, sagte Chris. »Ich kann Ihnen nur erzählen, wie es gekommen ist.«
»Schön. Lassen Sie hören.« Wieder goß die Färber ein. Schröder machte einen langen Hals.
»Was soll das geben«, fauchte Katja. »Die große Abrechnung? Soll ich vielleicht auf die Knie gehen?«
»Vor ungefähr fünf Wochen fing Axel Bruns an, Sie telefonisch zu belästigen.« Chris hatte nicht vor, sich von der Kleinen stören zu lassen. »Ihre Tochter...«
»Nicht dieses Wort!«
»Schön. Also, Katja hielt das wohl für eine gute Gelegenheit und hängte sich quasi an ihn dran.«
»Das kann nicht sein«, unterbrach Juliane. »Als ich damals verfolgt wurde... Ich bin sicher, das war kein Porsche.«
»Nein«, sagte Wolli. »Ihre To... Fräulein Färber hat jedesmal den Wagen ihres Freundes benutzt.«
Benno Korn spitzte die Lippen. Ihm ging wohl immer noch im Kopf rum, daß er wohl Katjas Auto, nicht aber sie selbst observiert hatte.
»Was dann im einzelnen passierte, brauchen wir wohl nicht noch mal abzuspulen«, sagte Chris.

Betretenes Schweigen machte sich breit.
»Ihr seid ja richtige Genies.« Katja stemmte die Hände in die Taschen ihrer Jeans. »Und nun? Was kommt jetzt?«
»Geh.« Die Färber sah zu Boden.
»Was denn? So einfach? Machst du mir nicht mal eine Szene?«
»Verschwinde! Du perverses, kleines Miststück!«
Katja sah reihum, zuckte die Schultern. »Na, dann. Wenn du willst.«
»Und damit du es weißt«, schrie die Färber. »Du bist enterbt!«
»Typisch«, sagte Katja. »Alles, an was du denkst, ist Geld.« Drehte sich um und verließ das Zimmer.
»Wir gehen dann auch.« Chris gab den Jungs ein Zeichen.
»Sekunde«, sagte Schröder. »Ich muß noch was loswerden.«
»Wolli«, zischelte Chris.
»Nix da.« Unter Julianes verblüfften Augen ging er zur Bar und goß sich einen ein.
Benno stand unschlüssig in der Tür. Es war ihm anzusehen, was er davon hielt.
»Das Heim betreffend«, sagte Wolli und zeigte mit dem Glas aus dem Fenster. »Diesen Saustall.«
»Was erlauben Sie sich?«
»Will ich ja gerade erzählen.« Eine Strähne hatte sich aus seinem Haar gelöst und hing ihm in die Stirn. »Damit Sie wissen, was auf Sie zukommt, Gnädigste.«
»Wenn Sie sich beschweren wollen, wenden Sie sich an Herrn Kutschera.« Sie setzte ihr Glas ab und stöckelte zur Tür.
»Ich werde Sie vor Gericht bringen, gnädige Frau.«
»Wie bitte?« Ihr Gesicht wurde ganz schnell bleich.
»Sie. Kutschera. Die Olschewsky. Und Dr. Nowak. Wegen Betrug, Körperverletzung, Nötigung, Beleidigung. Sicher hab ich noch ne Menge vergessen.«

»Wie bitte?« Ihre Hand tastete zum Hals. Ein bißchen schwankte sie. »Wieso denn das?«

»Waren Sie in letzter Zeit mal da drüben? Ja? Und das finden Sie normal? Daß die alten Leute um ihr Geld betrogen werden? Daß man sie zum Sterben in Dachkammern anbindet? Daß man ihnen den letzten Fraß vorsetzt?«

»Das ist nicht wahr!«

»So? Schon mal probiert?« schnauzte Schröder. »Das ist kein Essen, das ist Sondermüll. Das Zeug ist so weit überm Verfallsdatum, daß es vom Teller läuft. Ein Gulag ist dagegen ein Fünf-Sterne-Hotel.«

»Sie lügen!« schrie Juliane.

»Bin gespannt, wie Sie da rauskommen wollen.« Schröder zählte an den Fingern ab. »Ich hab alles. Von Nowaks gefälschten Abrechnungen an die Krankenkasse über die Personalakten bis hin zu Wilhelm Bruns' verschwundenen zehntausend Mark.« Letzteres entsprach nicht gerade den Tatsachen. Machte aber nichts. »Alles schön fotokopiert, fotografiert und aufgeschrieben. Obwohl ich verdammt kein Freund von Papier bin.«

»Kutschera ist dafür zuständig! Kutschera.« Die Färber stampfte mit dem Fuß auf, wie ein ungezogenes Kind.

»Nee, nee.« Schröder schüttelte den Kopf. »Der Boss sind Sie. Dafür halten Sie den Kopf hin.«

Juliane schnaubte.

»Frau Färber«, sagte Chris leise.

»Halten Sie den Mund! Wer hat mir das denn alles eingebrockt? Sie ... Sie Flittchen!«

Bennos Arm fing Schröder ab. »Halt das Wasser, Alter.«

Schröder hatte die Augen schmal.

Mit erhobenem Kopf ging Juliane zur Sitzgruppe und zog ein Scheckheft aus ihrer Handtasche. »Wieviel bin ich Ihnen schuldig?«

»Frau Färber«, versuchte Chris noch mal.

»Wieviel?«

»Sechstausend«, sagte Schröder. »Rechnung folgt.«

Die Färber kritzelte den Scheck voll und warf ihn auf den Tisch. »Wenn ich wiederkomme, haben Sie das Haus verlassen.« Und stöckelte an ihnen vorbei.

»Mußte das sein?« Wütend knallte Chris ihre Faust gegen Schröders Brustkasten.

»Nimmst du die etwa noch in Schutz?«

»Frag nicht so blöde.«

»Sieht aber fast so aus.«

»Kommt, Kinder.« Benno nahm den Scheck und drückte ihn Chris in die Hand. »Geh packen. Wir warten draußen.«

Sie traten gerade in die Diele, als unten ein Höllenkrach losging.

»Ah ja«, sagte Wolli. Von Benno gefolgt, stieg er in den Keller, wo Theo unter Gedröhne einen Elektrohammer in die Wand stemmte.

»Was wird das? 'n U-Bahn-Tunnel?«

»Die mit ihrem Fimmel.« Theo wischte sich den Schweiß. »Verdammte Knochenarbeit.«

»Benno Korn.« Der Dicke nickte ihm zu.

»Wollte mich nur verabschieden«, sagte Wolli. »Gnädige Frau und ich hatten einen kleinen Disput.«

»Och, Mann. Tut mir leid«, sagte Theo und klopfte ihm auf die Schulter. »War ne schöne Zeit mit dir, Wolfgang.«

»Wird noch schöner«, sagte Wolli. »Versprech ich dir.«

Schröder hatte seinen Koffer noch nicht im Auto, als die Eingangstür aufflog.

»Heh! Moment!« Die Haare wirr, stürmte charming Bert aus dem Heim. »So geht das aber nicht.«

Interessiert lehnte Benno sich ans Wagendach.

»Sie haben Unterlagen kopiert?«

»Jau«, sagte Wolli.

»Her damit!« Herrisch streckte Kutschera die Hand aus. »Aber ganz schnell, mein Freund.«

»Was schlägt denn der für einen Ton an?« fragte Benno.

»Beachte ihn nicht, dann geht er wieder.« Wolli wuchtete sein Gepäckstück in den Kofferraum. Da hatte er schon Berts Hand am Gürtel.

Das folgende ging recht fix.

Jemand jaulte auf. Bert. Gleichzeitig knallte jemand gegen die Hauswand. Wieder Bert. Und jemand hatte eine rote Backe. Richtig. Bert.

»Schröder!« donnerte der Dicke.

»Sorry.« Wolli stieg ein. »Das mußte einfach sein.«

»Ich zeig dich an, Schröder!«

Wolli winkte und fuhr los.

Am Iländerweg wartete mit knatterndem Auspuff Christianes Japaner. »Muß man sich erst wieder dran gewöhnen.«

»Wir wollen noch zum Birkenhof«, sagte Benno durchs Fenster. »Wie steht's?«

Chris schüttelte die Zotteln. »Muß ein bißchen allein sein. Ich melde mich. Und«, sie lächelte ernst, »danke für alles.«

Der Cherry hoppelte durch die Schlaglöcher von dannen. Wolli sah ihm nach, bis er hinter der Kurve verschwunden war.

»Schröder.«

»Man wird ja wohl noch'n Augenblick träumen dürfen.«

****

Der Wind fuhr in die Kastanie und zerrte die letzten gelben Blätter herunter.

»Und Fiffi Mausthaler bringt einen Artikel ins *Echolot.* Was wollen wir noch mehr?« sagte Benno aus der Fensterbank.

Schröder kaute nachdenklich auf einem halben Brötchen mit Blutwurst herum. »Aber der Prozeß?«

»Den werden andere führen. Krankenkassen, Gesundheitsamt, Landschaftsverband. Was weiß ich, wer noch? Auf jeden Fall ist das Julianes Ende. Und das ihrer Kumpels.«

»Möchte wissen, was aus den Alten wird«, sagte Wolli.

»Na, schlechter wird es denen unter neuer Führung kaum gehen können.«

»Schröder. Kannst du nicht warten, bis alle am Tisch sind?« Petra schleppte schon die vierte Kanne Kaffee rein.

Ihr Gatte setzte ein zierliches Tablettchen mit Käse auf den Tisch. Sah irgendwie bescheuert aus, wenn Hannes das machte.

»Was wird das eigentlich?« fragte Wolli. »Frühstück bei Tiffany?«

»Keine Ahnung.« Chris säbelte Lachsschinken in dünne Scheiben.

»Und'n Flämmchen dazu«, sagte Irmchen und verteilte Kerzen über den Tisch. »Ist schließlich bald Weihnachten.«

Omas Einladung war mehr ein Befehl gewesen. Kurz und bündig. »Sonntag morgen. Frühstück um neun. Bei mir.« Und alle von Omas »Kindern« waren gekommen. Petra, Hannes, Irmchen, Benno, Chris und Wolli.

»Alles fertich?« Oma Lene erschien in hellgrünem Jersey. Petra hatte ihr sogar extra die Haare machen müssen.

»Wow!« Wolli pfiff durch die Zähne. »Wer ist denn die heiße Braut?«

»Nu hört auf zu albern und setzt euch auf eure Buchstaben«, sagte Oma Lene. »Und eßt tüchtich.«

Zumindest Benno gehorchte augenblicklich. »Kann ich mal den Schinken haben?«

Oma räusperte sich. »Ich hab euch wat mitzuteilen.«

Augenblicklich wurde es still.

»Wie ihr wißt, iss mein Jupp 43 im Feld geblieben. Und en Jahr drauf unser Hans-Karl.« Sie guckte in die Runde. »Kaum fünfzehn Jahr iss er alt geworden. Flakhelfer.«

Hannes kniff die Augen zusammen.

Es fiel keine Stecknadel. Aber man hätte sie gehört.

»Da iss also keiner mehr, wenn ich ma die Augen zumach«, fuhr Oma fort. »Alles, wat ich hab, iss de Birkenhof.« Sie machte eine Pause. »Und ihr.«

Draußen dröhnte Braumüllers Traktor vorbei.

»Darum will ich dat vorher regeln. Wie ihr wißt, kriegen Petra und Hannes später mal dat Haus vorne anne Straße. So wie Irmchen und unser Dicken hier dat Fachwerkhaus erben.«

»Oma«, sagte Benno.

»Jetz red nich. Dat haben wir alles längst besprochen. Irmchen, hol mich doch ma den Briefumschlach vom Schrank.«

Irmchen stand auf und gab ihr ein schmales Kuvert.

»So, Wolli.« Oma schob es über die Tischdecke. »Und davon kaufsse Christiane und dir die Wohnung.«

Wolli merkte, wie sein Herz aussetzte.

Seitlich keuchte was. Chris.

»Ja, nu. Mach auf«, sagte Oma Lene.

Wolli sammelte Spucke. Keine da. Sein Kehlkopf knurbste trocken. Er stierte auf den Umschlag.

Oma nickte aufmunternd.

Ganz vorsichtig bog er die Lasche herum. Ein blaues Papier steckte drin. Er zog es raus. Es war ein Scheck über zweihundertvierzigtausend Mark. »Ööcchhh.« Mehr kam nicht raus. Beim besten Willen nicht.

Neben ihm schepperte ein Messer auf den Teller.

»Die Sparkasse hat den Hof geschätzt. Mit allem, wat dazu gehört. Wollt ihr ma raten, wat der wert iss?«

»Äh . . .«, machte Irmchen.

»Über eine Million. Na?«

»Ha . . . hast du den Hof . . .?« stotterte Hannes.

»Beliehen«, sagte Oma Lene. »Und die beiden Felder im Hefel sind so gut wie verkauft.« Mit stolzroten Ohren sah sie sich um. »Iss Bauerwartungsland.«

Wolli verspürte ein Flattern in der Brust. Demnach hatte seine Atmung wieder eingesetzt.

»Damit die Belastung jeden Monat nich so hoch iss.«

Inzwischen hatte der Scheck die Runde gemacht.

»So viel Geld für die Butze?« Benno fand als erster die Sprache wieder. »Das sind doch nur zwei Zimmer.«

»Die ganze Etasche«, sagte Oma Lene. »Wär doch sonst viel zu klein. Ich hab den Preis noch gedrückt. Weil, muß ja noch umgebaut werd... Wolli? Jung?«

Sein Stuhl polterte zu Boden. Er ging zum Fenster wie durch dicke Watte. Stützte sich aufs Fensterbrett, atmete tief durch. Versuchte, sich zu konzentrieren. Konzentrierte sich auch. Und wie. Ganz mächtig sogar. Und merkte, wie ihm das Wasser vom Kinn tropfte.

»Wolli«, sagte Oma Lene hinter ihm.

»Das...«, kiekste er. »Das ist Wahnsinn!« Er schnappte nach Luft. »Und ich weiß auch nicht, wie... ich dir das danken soll, Oma Lene. Aber...« Er drehte sich um und wischte mit dem Ärmel übers Gesicht. »Aber das geht nicht. Das... kann ich nicht machen.«

Chris sah auf ihre Knie.

Irmchen hatte die Faust geballt, sagte aber nichts.

Der Dicke schnaufte.

»Das geht nicht«, wiederholte er. Und schniefte.

»So.« Oma stützte ihre Handflächen auf den Tisch und drückte sich hoch. »Dann will ich dir ma wat sagen. Dat iss kein Almosen. Sondern ein persönlichen Kredit. Den zahlsse mir jeden Monat zurück.«

»Oma Lene...«

»Du biss jetz still!« Donnernd schlug die alte Frau auf den Tisch. »Dat seh ich nich länger mit an! Willsse denn nie erwachsen werden? Willsse denn immer weiter nur rumwuseln und den Kopp innen Sand stecken? Denk doch auch ma an Christiane. Stells dat Mädchen ein, machs ihr große Versprechungen, und dann, von heut auf morgen, iss alles vergessen. Und dat arme Ding steht auffe Straße.«

Niemand wagte auch nur eine Bewegung.

»Oma, bitte«, sagte Chris. »Wenn Wolfgang nicht...«

»Nix da.« Mit einer Handbewegung schnitt sie ihr das Wort ab. »Jeder von euch kricht sein Teil. Soviel von meine Seite. Dafür versprecht ihr«, dabei sah sie jeden einzelnen an, »dat ich nie in ein Altenheim komm.«

»Das passiert auch so nicht«, versuchte Schröder.

»Ach nee.« Sie legte den Kopf schräg und musterte ihn. »Und wie wollt ihr dat anstellen? Die Hälfte von euch iss arbeitslos.«

»Ich bin Freiberufler«, sagte Benno.

»Nich mehr lang«, konterte Oma. »Du wirs Christiane und Wolli nämlich helfen. Jesus und Maria! Mit drei Mann werdet ihr doch wohl so'n Laden schmeißen. Ihr könnt mich doch nich erzählen, da wär kein Geld zu verdienen.«

Benno hob zaghaft den Finger.

»Wirs dich schon nich überarbeiten, Dicken. Oder willsse dein ganzet Leben lang rumhängen und Wirschinia Wolf lesen?«

»Woolf«, sagte Benno. »Und ich möchte... äh...« Ihr Blick brachte ihn zum Schweigen.

»Ich kann das nicht.« Schröder guckte angestrengt aus dem Fenster. »Das geht doch nicht.«

Alles war still. Nebenan tickte die Küchenuhr.

»Wolli«, sagte Irmchen leise.

»Jetz nimm dat Geld, oder ich werf et innen Ofen.«

»Oma Lene«, begann Wolli. »Das werd ich dir nie vergessen. Aber ich...«

Genau in diesem Moment fuhr ein Streifenwagen auf den Hof und hielt vor dem Fenster. Zwei Grüne stiegen aus.

»Also. Wat is jetz, Wolli?«

»Oma.« Wolli zeigte nach draußen. »Da ist gerade Polizei gekommen.«

Es klingelte. Irmchen hechtete in den Flur.

Ein Bulle schob sich herein. »Wir möchten zu Herrn Korn.«

Benno stand auf. »Zu Diensten.«

»Wissen Sie, wo wir Herrn Schröder und Frau Ullmann antreffen könnten?«

»Hier«, sagte Wolli. »Darf man fragen, was los ist?«

»Sie möchten uns bitte begleiten.« Das Streifenhörnchen drehte seine Mütze. »Frau Färber ist tot.«

Chris stieß einen kleinen Schrei aus.

»Wolli«, japste Oma Lene.

Schröder hob die Hand. »Ich war das nicht.«

****

Im Vorbeigehen erhaschte Chris einen Blick ins Wohnzimmer. Kutschera zupfte an der Gardine rum. Auf dem Sofa saß Nowak. Ein Stück entfernt von ihm Katja.

»Bitte hier herein.« Der Bulle hielt ihnen die Tür zum Arbeitszimmer auf. Chris bemerkte, daß die Scheibe ersetzt worden war.

»Kommen Sie, kommen Sie.« Der Typ sah aus wie gerade zwanzig, trug einen grauen Anzug und das unvermeidliche Schnauzbärtchen. Er wies auf Stühle, die man vor dem Schreibtisch aufgebaut hatte. »Schmittke, mein Name. Hauptkommissar Schmittke, Kripo Essen. Herr Korn?«

»Ich«, sagte Benno und blieb stehen.

»Der Handwerker konnte sich an Ihren Namen erinnern. Darum haben wir Sie zuerst aufgesucht.« Er fixierte Wolli. »Sie sind ...?«

»Frau Ullmann«, sagte Schröder.

»Ahä.« Hauptkommissar Schmittke lächelte schnell. »Sie haben es wahrscheinlich gehört. Frau Färber ist verunglückt. Tödlich«, fügte er hinzu. »Es ist unsere Pflicht, alle zu befragen, die zuletzt Kontakt mit der Verstorbenen hatten.«

»Wie ist das denn passiert?« fragte Chris, die immer noch nicht richtig begriff. »Und wann?«

»Tja ...« Schmittke sah sich um, als vermisse er was.

»Oder machen wir ein Geheimnis daraus?«

Er verschränkte die Finger ineinander. »Die Haushälterin hat sie heute morgen aufgefunden. Im Swimmingpool.«

»Oh, Mann.«

»Zuerst würde ich allerdings gern etwas über Sie erfahren.«

»Ich habe für Frau Färber gearbeitet«, sagte Chris.

»In welcher Funktion?«

Als Bodyguard, dachte Chris, ersparte sich aber das Gelächter. »Frau Färber wurde bedroht. Meine Kollegen und ich konnten die betreffenden Personen ausfindig machen.«

Bevor Schmittkes fragender Blick noch fragender wurde, sagte Benno: »Detektei Schröder, Steeler Straße.«

»Kenn ich nicht.«

Damit hatte er bei Wolli dann wohl verschissen.

»Darf ich fragen, wer diese betreffenden Personen sind?«

»Fällt unter Datenschutz«, sagte Schröder.

Dem Kommissar verrutschte der Gesichtsausdruck. »Ich ermittle in einem Todesfall.«

»Und machen Ihr Problem zu unserem.«

»Axel Bruns und Katja Färber«, sagte Benno und fing sich dafür einen feurigen Blick vom Chef ein.

»Interessant.« Schmittke legte den Finger an die Lippe.

»Quatsch«, sagte Schröder und steckte sich eine Zigarette an. »Die wären ja total bescheuert, wenn sie die Alte entsaftet hätten.«

Hauptkommissars Augenbraue ging nach oben. »Die Anschrift dieses Herrn Bruns, bitte.«

Der Dicke gab auch die preis. »Halten Sie denn ein Verbrechen für möglich?«

Es kostete den Polizisten sichtliche Überwindung zu antworten. »Nein«, sagte er. »Gestohlen wurde nichts. Das Haus war verschlossen. Und es gibt keine Spuren eines gewaltsamen Eindringens.«

»Woran ist sie denn ...?« fragte Chris.

»Sie ist ertrunken. Ungefähr gegen zwanzig Uhr, gestern

abend. Nach der vorläufigen Diagnose unseres Arztes hat sie einen Herzanfall erlitten.«

»Die Aufregung.« Chris spürte plötzlich was Dickes im Hals. »Und dann der Alk obendrauf.«

Dem Kommissar mißlang eine weltmännische Geste. »Kommen Sie bitte morgen aufs Präsidium, damit wir Ihre Aussage protokollieren können.« Er deutete zur Tür.

»Sie haben was vergessen«, sagte Schröder.

»Wie?«

»Sie müssen noch sagen: Verlassen Sie die Stadt nicht.«

»Ähä.«

Draußen wollte ein Grüner ihre Personalausweise sehen. Was schwierig wurde, weil Schröder seine Pappe mal wieder nicht dabei hatte. Endlich war auch das durchgestanden.

Chris überlegte, ob sie ein paar Worte zu Katja sagen sollte. Besser nicht.

»Wo ist Benno denn?« Wolli sah sich um.

Sie suchten und fanden ihn im Keller. Inmitten von Kabeltrommeln, Farbeimern und herumliegendem Werkzeug. Der Durchgang zum Schwimmbad war mit einem gestreiften Plastikband versperrt. Benno sah bartkratzend auf die Wasserfläche.

»Ja, nun komm, Dicker«, drängelte Wolli. »Ich will endlich frühstücken.«

Chris warf ebenfalls einen Blick nach nebenan. Ein merkwürdiges Gefühl überkam sie. Vor ein paar Tagen noch hatte sie mit Juliane hier geschwommen. Puh!

»Packen wir's.«

Sie verließen die ungastliche Stätte.

Chris zwängte sich auf den Rücksitz des Ascona.

Schröder ließ die Reifen durchdrehen.

Benno hatte immer noch kein Wort gesagt.

»Auf einem Teiche, da schwimmt ne Leiche. Ne ganze weiche.«

»Schröder!« fauchte Chris.

»Jaja.« Er duckte sich.

Benno hüstelte. »Dieser Kommissar.«

»Mann, ist das ne Schmatzbacke«, meinte Wolli.

Chris beugte sich vor. »Was ist denn mit dem?«

»Ich glaube, der irrt sich«, sagte Benno.

****

»Die Bohrmaschine? Die ist nicht kaputt.«

Benno Korn nickte. »Ist sie. Habe ich selbst ausprobiert. Als mir da unten die Idee kam.«

Chris fühlte sich ungemütlich. Sehr ungemütlich sogar.

Auch Schröder sah aus, als wäre er lieber woanders gewesen.

»Sie wollen mir da was ans Zeug flicken.«

»Nein«, sagte der Dicke und paffte gemütlich. »Sonst würde ich das nicht Ihnen, sondern der Polizei erzählen.«

»Ach? Was denn überhaupt?«

»Wie Juliane Färber gestorben ist.« Benno nahm die Pfeife aus dem Mund, um einen Schluck Wein zu trinken. »Sagen wir besser: Wie es gewesen sein könnte.«

»Und wie, bitte schön?«

»Äußerst simpel. Selig trunken zieht Juliane ihre Bahnen. Allein im Haus. Abgesehen von Ihnen. Eine Gelegenheit, wie sie nie wiederkommen wird. Wenn ihr jetzt was passiert, wird alle Welt glauben, dieser große Unbekannte hätte seine Drohungen wahr gemacht.«

»Soso.«

»Sie wußten ja nicht, daß meine Freunde und ich diesen Unbekannten mittlerweile entlarvt hatten.«

»Das ist nicht wahr!«

»Doch«, sagte Benno. »Spielt aber keine Rolle. Wahrscheinlich würde man sowieso von einem Unfall ausgehen.« Paffend lehnte er sich zurück. »Also. Wie immer hat Juliane die Musik laut gestellt. So hört sie nicht, wie nebenan im

Fitneßraum die Kabeltrommel ausgerollt wird. Und auch nicht den Motor der Bohrmaschine.«

»Sie haben eine blühende Phantasie.«

»Sonst säßen wir nicht hier«, bestätigte der Dicke. »Sie brauchten das Schwimmbad nicht mal zu betreten. Bißchen Schwung, und der Elektrohammer landet im Wasser. Es knallt. Die Sicherungen fliegen raus. Juliane ist tot. Sie ziehen die Maschine aus dem Wasser, drücken die Sicherungen wieder rein. Und schon kackt dat Pferd.«

»Der perfekte Mord«, konnte Schröder nicht an sich halten.

»Alles Schwachsinn. Das könnt ihr nie beweisen.«

»Stimmt«, sagte Chris. »Aber so war es. Oder?«

»Kein Wort hört ihr mehr von mir.« Eilig schob Theo Plischke sich aus der Bank. Er nahm sich nicht mal Zeit, die Jacke anzuziehen. »Kein Wort.«

Die drei sahen ihm nach, wie er aus der Kneipe stapfte.

»Tss ...«, machte Benno und ließ ein Rauchwölkchen aufsteigen. »Auf seine alten Tage.«

Chris drückte ihre Zigarette aus. »Was meint ihr denn wirklich? Könnte man es ihm tatsächlich nicht nachweisen?«

Die Jungs sahen sich an.

Benno zuckte die Achseln. »Ich nicht. Du?«

Schröder gähnte. »Mmh? Wie? Ich hab die Frage nicht verstanden.« Er kuckte rum wie ein Wolf. »Mann, was ist denn das für'n Laden hier? Gibt's kein Bier mehr?«

ENDE

CONNY LENS, geboren am 10.3.1951 in Essen, war EDV-Angestellter, ist seit jeher der Kriminalliteratur verfallen, veröffentlichte zahlreiche Romane, Erzählungen und Stories, produzierte Hörspiele, verfaßte Drehbücher fürs deutsche Fernsehen, lebt als freier Schriftsteller und Mitglied der Autorengruppe Kriminalliteratur e.V. »Das Syndikat« in Datteln.

Im Haffmans Verlag erschienen: *Silvi und Mokka* (Krimi, 1992); aus der Serie *Steeler Straße*: *Die Sonnenbrillenfrau* (Krimi, 1990) – *Ottos Hobby* (Krimi, 1990) – *Casablanca ist weit* (Krimi, 1991) – *Endstation Abendrot* (Krimi, 1992).